悔晚斋臆语

陈传席 著

中华书局

图书在版编目（CIP）数据

悔晚斋臆语/陈传席著. —北京:中华书局,2020.8
ISBN 978-7-101-14643-1

Ⅰ.悔… Ⅱ.陈… Ⅲ.小品文-作品集-中国-当代
Ⅳ.I267.3

中国版本图书馆 CIP 数据核字(2020)第 123379 号

书　　　名	悔晚斋臆语
著　　　者	陈传席
责任编辑	李碧玉
出版发行	中华书局
	（北京市丰台区太平桥西里 38 号　100073）
	http://www.zhbc.com.cn
	E-mail:zhbc@zhbc.com.cn
印　　　刷	北京瑞古冠中印刷厂
版　　　次	2020 年 8 月北京第 1 版
	2020 年 8 月北京第 1 次印刷
规　　　格	开本/880×1230 毫米　1/32
	印张 9½　插页 3　字数 100 千字
印　　　数	1-5000 册
国际书号	ISBN 978-7-101-14643-1
定　　　价	48.00 元

陈传席先生

十載狂名驚世俗

生生冷眼對庸官

陳傳席撰并書

陈传席先生撰联

目　录

增订本自序

　　余出生于行军途中，旋即随母奔波万里，跨海越江，穿林过原，同行者死亡无计数，余亦几死者数焉。三岁还乡，小学毕业后，余负气离家，只身赴皖。是时，余年十一，身无一文，路旁之苦瓜，林中之酸果，溪中之流水，皆充饥止渴之资也。惟日以诗书为徒，且时处饥饿中，常数日无食，饿昏几死者又数十次焉。悲夫，在皖之前十年，余虽号为人，实则犬彘不如也。偶有所食，乃"五好面"也，"五好"者，树叶、棉花壳、山芋秧等五物之谓也，亦时断之。其时，余骨瘦如柴，形同枝条。然则玉想琼思，未尝稍减。余年十三，自吟《减字木兰花·咏迎春花》词：

　　　　小园篱畔，有一枝柔条弱干。

　　　　不畏严霜，冒雪冲寒折嫩芳。

　　　　迎春去早，赢得黄金腰带绕。

　　　　一驾东风，便领千花万卉红。

年十六,余因此词构祸,遭批判越数十场,判徒刑二十年,后于劳改中逃跑,其苦不忍言。其间,余于落日山崖,断鸿声中,潸然泪下,发誓不复作诗词。

廿二岁后,余始去饥饿,然仍身处卑贱贫穷之位,常以绘画为生,奔波衣食,无聊生焉。

而立之年,余投考研究生,攻读于六朝遗都金陵,读书之余,乃出游,如吾序吾《中国山水画史》云:尝溯长江,过三峡,登峨眉,越秦岭,涉巴蜀古道,游长安周遭,探秦坑唐墓。西征甘蒙,诣敦煌佛窟,觑千年壁画。浮道黄河,上览西岳华山,下观永乐古殿。东巡洛阳,以至开封、龙门石岗。骋目齐鲁,三登泰岱。北略燕蓟,少驻长白。南游新安,四上黄山,遨足苏浙,六蹿江南。跨海漂河,踽踿跌宕,普陀、营丘、娄东、虞山……凡古贤入画之山川水村,无不沿波讨源,饱游饫看。行路何止万里。凡遇博物馆院,必入观之。法书名画,古物典籍,一一记之。凡古之所遗摩崖、石刻,必往览之,西传南创,一一考之。凡风土人情,人文历史,一一留意,记之于胸,录之于纸。

其间著书写文,多者日尽万言,少则数千。域外学界知之,邀游,余得以赴美、巡日。尔后,浮名伴身,复不得安宁,日处浮躁之中,尝数月不著一字。偶尔操觚,仅得数语,集之,即此《悔晚斋臆语》也。悔晚者,后悔已晚矣,然亦无可如何者也。

此书初版于1995年,再版于2000年,复印于2003年。

今谬承中华书局再版,略有增补修订,其条文观点则基本未变也。

余年十二三,习古文旧诗词,即能以文言写作。然纯文言,今之后生未必能读,余一向鼓吹"文以半文半白者佳"。故余以半文半白之语书之,其意欲使年轻读者易读之耳。

《易》云:"君子终日乾乾,夕惕若。"其《乾》卦云:"天行健,君子以自强不息。"其《坤》卦云:"地势坤,君子以厚德载物。"皆何有于我哉。悲夫!丙戌秋于京师中关村。

自　序

　　余尝自序文集曰：少年浪迹，孤茕独行，惟与古为徒，不谙世事，乖僻邪谬，不偶于人。半生坎坷，至盛年独处；卅载江海，积无穷遗恨。

　　夫无穷恨者，惟一恨也，时过不再，物极不反。悔之已晚。故余之居曰：悔晚斋。臆语者，主观臆断之语也，然非顺世迎俗、俯仰时好之语也。

　　宋儒主安贫乐道，斥富贵为卑俗。余尝信乎是。于是乎，余向自满于贫困而恶富贵。为文亦如之。中年好道，读《易》曰："崇高莫大乎富贵。"孔子曰："富而可求，虽执鞭之士，吾亦为之。如不可求，从吾所好。"李斯曰："悲莫甚于穷困。"《史记》云："人富而仁义附焉。"先儒之论皆如是。余退而思之，贫贱强于富贵乎？卑下胜于崇高乎？于是知书足以慧人，亦足以误人。自是余每作文，必知物明理，然后可言；言不必称尧舜，然必中当世之过；不夸饰矫诬，不欺世佞人，务当有补于世事、人心，如是而已。

1999 年 6 月于南京师范大学

卷　一

古今之文志异

吾读古今之文，倏然觉其有异：

先秦两汉之文，皆志在宇宙、天下，如《易经》之论乾坤，"大哉乾元"、"道济天下"，《尚书》之论"协和万邦"、"历象日月星辰"，《老子》之论"道可道，非常道"；又如《礼记》、《左传》，孔、孟、庄、韩、墨、荀皆然。其文皆"若决江河，沛然莫之能御"。或"宽厚弘博，充乎天地之间"。司马迁亦能"究天人之际，通古今之变"，其文雄深雅健，逸气纵横，两汉之后，无与比肩者。

唐人之文尚能继踵前贤。先秦之文如海洋之莫测，唐文如江河之奔腾。然韩愈、柳宗元辈，其志犹能在天下国家，韩文如《原道》、《原性》、《原毁》、《杂说》、《师说》、《进学》，柳文如《捕蛇者说》、《三戒》、《封建论》、《时令论》、《天爵论》、《断刑论》是也。

宋人之文志多在一院一寺，大者亦不过一山一水而已，如东坡《承天寺夜游》、欧阳修《醉翁亭记》、曾巩《醒心亭记》、苏辙《武昌九曲亭记》是也。

明人之文志仅在一室一斋而已，如归有光之《项脊轩志》、袁宏道之《山居斗鸡》、陶望龄之《也足亭记》是也。江河日下，池水将涸，无复当年光景。

唐人以天下为花园，清人以花园为天下，故清文亦如之。清人之文志仅在花草、美人而已，如张潮所谓"花不可以无蝶，山不可以无泉，石不可以无苔，水不可以无藻，乔木不可以无藤蔓……"①又谓"红裙不必通文,但须得趣","月下对美人,情意益笃","赏花宜对佳人"②云云。又如郑板桥《诗序》曰:"古人以文章经世,吾辈所为,风月花酒而已。逐光景,慕颜色……"③其《自叙》曰:"……又好色,尤多余桃口齿,及椒风弄儿之戏。"④文人至此,亦斯文扫地矣。

池水既涸,苔草不生。今人之文,错乱而无旨,鲜有见时代特色者;有之,惟拜金一途耳。

又,远古、中古之文,意在治化,"成教化,助人伦,穷神变,测幽微"⑤,"务当有补于世而已也"⑥。至清初周亮工尚云:"吾辈笔墨,不可不慎也。"⑦然今人之文,全在败坏时俗,误人子弟,以色情鄙语乱天下。

夫《文心》有云:"摛文必在纬军国,负重必在任栋梁。"⑧使今之为文者皆关切时代之命运、人类之前途,则文可以复兴,时代特色亦在其中矣。始见时代之特色,复以个人之秉性,方可望大家之兴焉。不者,仅有花样,岂有风格之谓欤?

注释:

①②张潮《幽梦影》,见《昭代丛书》。

③④郑板桥《郑板桥集》,上海古籍出版社,1960年版。

⑤张彦远《历代名画记》卷一。

⑥王安石语。

⑦周亮工《书影》。

⑧《文心雕龙·程器》。

做官意不可在官，作文意不可在文

李鸿章（字少荃）与俞樾（字荫甫）为同科进士。李曾入曾国藩幕，后官高于曾。曾国藩云："李少荃拼命做官，俞荫甫拼命著书。"①

拼命做官者，处处保存实力，扩充实力，对外妥协，避战求和；对内上欺下压，投机钻营，其意在官，而不在事事，故能做官而不能做事。是以其意在官者实不能官也。

拼命著书者，其学为人，处处显示"学问"，以著作丰多而为目的，故其文鲜有可读，其意在文，必贪多务博，以致意浅蕴少，淡而无味。吾读俞荫甫《九九销夏录》、《湖楼笔谈》、《读书余录》等，皆繁泛肤浅，老生常谈；所记之事，人皆知之；所言之理，人皆明之，故不可卒读，强读亦无所获。

凡为文者，胸中有事，意中有情，则直记其事，直抒其情，文笔必流畅；凡意在文者，未必有事有情，强而书之，文笔必不畅不顺，俞樾之文笔，鲜有佳处，此拼命著书之弊也。老子《道德经》仅五千字，《论语》仅一万一千七百五字，句句可读，语语皆启人智；《孟子》三万四千六百八十五字，《周易》二万四千一百七字，《尚书》二万五千七百字，《诗经》三万九千二百三十四字，皆略逊之，然仍可读。俞樾著作等身，多于《老子》、《论语》千万倍，然鲜有名句名篇为后人所必知者，此又一弊也。又，宋人笔记，意在记事，故可读；明清人笔记，意在作文传世,作气大重,故鲜可读。

要之,做官意不可在官,作文意不可在文。做官其意只在做事,作文其意只在抒情记事,是为上也。

注释:

①参见《春在堂随笔》。

大商人、大文人、大英雄、大流氓

大商人必无商人气，

大文人必无文人气。

大英雄必有流氓气①，

大流氓必有豪杰气②。

老子云："大直若屈，大巧若拙，大辩若讷。""大白若辱，大方无隅。"苏轼云："大勇若怯，大智若愚。"事之极者必向其反，物之极者必见其非，凡人亦然。

注释：

①②三、四两句中"必"二版时友人劝改为"或"，云："不必得罪天下英雄也。"今复改为"必"，盖大英雄必不讳之也。

孔子爱财第一

孔子为儒家之祖。古今陋者，皆知孔子好道，安贫乐道，于钱财地位不屑一顾。余读孔子书，方知孔子爱财第一，好道次之。《论语·述而篇》记孔子语：

> 富而可求，虽执鞭之士，吾亦为之。如不可求，从吾所好。

富者，财也。孔子意甚明，财富若可求到，虽执鞭当走卒（做下贱事），我也干。财富若不可求，方从事我所喜好之事，即道也。

是知孔子爱财第一，好道更在求财之后，且在求财不得时方好道。"执鞭之士"即走卒也，下贱又辛苦，兢兢业业，不可怠慢，故学也不可为，道也不可好，是故孔子若有财可求，道和学皆可不要。孔子自己言己志，明白如火，无须考证。

吾尝云："大文人必无文人气。"孔子，大文人也。若小儒则规规焉，言必称道，虽穷酸已极，亦不敢言财富，虽饿死沟壑，亦不愿执鞭为走卒。此小儒之陋也。故孔子曰："女（汝）为君子儒，无为小人儒。"

孔子此语，《史记》卷六十一引为"富贵如可求，虽执鞭之士，吾亦为之。如不可求，从吾所好。"[①]于"富"后多一"贵"字。郑玄解云："富贵……若于道（路旁）可求而得之者，虽执鞭贱职，我亦为之。"孔安国曰："所好者，古人之道。"意谓求财

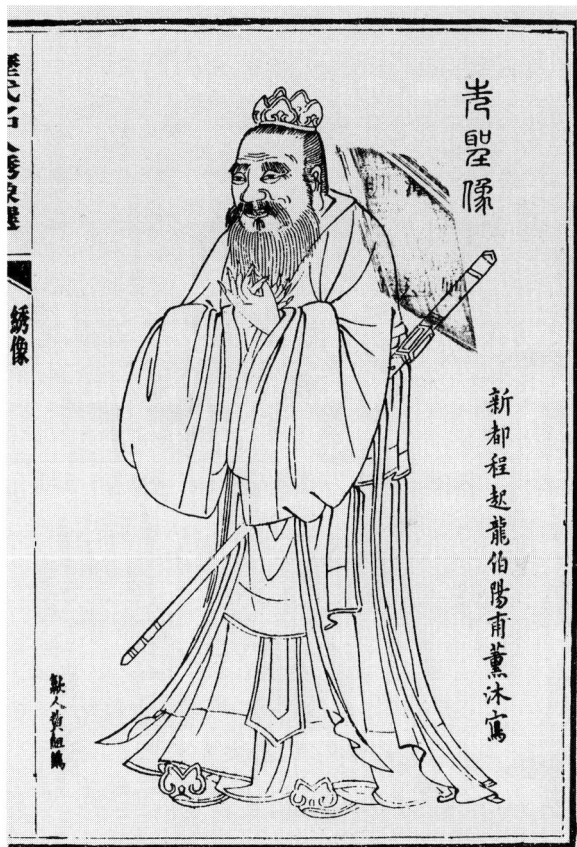

孔子像

第一,求财不得,方好古人之道;反之,若求财可得,则无暇好道矣。

然《史记》改孔子"富"为"富贵",恐非是。执鞭之士,其时乃下贱者所为之事,《盐铁论·贫富章》即引为"执鞭之事"。因求财而为"执鞭之事",何贵之有?

《周礼》有"条狼氏掌执鞭以趋辟",郑氏注:"孔子曰:富而可求,虽执鞭之士,吾亦为之。"②亦为"富"而非"富贵"。然孔子实为向往富且贵者。小儒常谓儒家不欲富贵,吾尝信之,今读孔子书,知其非是。《论语·里仁篇》记孔子语云:"富与贵,是人之所欲也。""贫与贱,是人之所恶也"。是孔子明言欲富贵、恶贫贱也。小儒者又复何言哉。

常闻小儒云:"富贵于我如浮云。"谓为孔子语。查诸《论语·述而篇》,孔子曰:"不义而富且贵,于我如浮云。"孔子只谓"不义"而得之富贵,于我如浮云,非言"富贵于我如浮云"也。是陋儒、小儒焉能知大儒之心胸!

汉刘向《说苑·立节》云:"孔子曰:富而可求,虽执鞭之士,吾亦为之;富而不可求,从吾所好。大圣之操也。"刘向评之为"大圣人之操守",岂非小儒之所能想见。

凡大儒、大文人、非常之人皆不讳言富贵,更非恶富贵而不求。《易传》称"崇高莫大乎富贵",李斯云:"诟莫大于卑贱,而悲莫甚于穷困。久处卑贱之位、困苦之地,非世而恶利,自托于无为,此非士之情也。"③《史记》有云:"渊深而鱼生之,山深而兽往之,人富而仁义附焉……夫千乘之王,万家之侯,百室之君,尚犹患贫,而况匹夫编户之民乎?"④《潜夫论·爱日》有云:"礼义生于富足,盗窃起于贫穷。"苏东坡云:"吾薄富贵而厚于书,轻死生而重于画,岂不颠倒错谬,失其本心也哉?"⑤张心斋云:"文人每好鄙薄富人,然于诗文之佳者,又往往以金玉、珠玑、锦绣誉之,则又何也?"⑥余曰:此即小儒之陋也,见佳诗文,以金玉、珠玑誉之,正见其向往财富之心;思而不可得,反而鄙薄之。彼其大儒,何讳言哉!

悲夫!吾之醒悟也晚,向为小儒所惑,书此以解千古之惑,并告来者。

注释:

①见《史记》卷七,中华书局版,第2126页。

②见《十三经注疏》,中华书局版,第88页,《周礼注疏》卷三十七。

③见《史记·李斯列传》。

④见《史记·货殖列传》,中华书局版,第3256页。

⑤见《苏东坡集》前集卷三十二《宝绘堂记》。

⑥见《幽梦影》。收入《昭代丛书》中。

知人与知事

——论明相知事不知人

明相善知事，而知人逊之。

明君善知人，而知事逊之。

故明相善治事，而明君善治人。

然知事与知人鲜有能兼之者。盖知事须入乎其内，知人须出乎其上，内与上不一，故兼之者难。

孔子曰："知人故不易也。"然明相不善知人，其识乃在庸臣常人之下，其不可解者也。

古之名相莫过于管仲、诸葛亮、魏徵、王安石。此四人者，皆善治事而不善知人。

管仲者，春秋名相也。少与鲍叔友善，然鲍叔事齐公子小白。小白后为桓公，九合诸侯，一匡天下，为春秋五霸之一。是鲍叔虽不为名相，而能识人。管仲虽与鲍叔为友，才在其上，然"尝三仕三见逐于君"①，是知其不善识人也。后乃事公子纠，而不事公子小白。及公子纠败死，管仲乃为公子小白囚焉。如其善识人，何不与鲍叔同事小白？其后得鲍叔之荐，方为明君用。乃通货积财，富国强兵，为一代名相（实千古之名相也）。余观其"仓廪实而知礼节，衣食足而知荣辱"之论，是知其不仅能治事，尤善知事。奈何知人之拙下也！

管仲像

魏徵像

诸葛亮为三国名相。初,躬耕于南阳,刘备三顾始仕焉。刘备在日,用人一决于己,故无误;刘备死后,诸葛亮竟重用马谡。时中正尝云:"白马最良。""乡里为之谚曰:'马氏五常,白眉最良。'"②是常人皆知马谡不良,且刘备临终,尤重嘱诸葛曰:"马谡言过其实,不可大用,君其察之。"③至失街亭,前功尽弃,不得已而挥泪斩马谡。是知刘备善知人,而诸葛不善知人也。故习凿齿曰:"且先主诚(马)谡之不可大用,岂不谓其非才也?亮受诚而不获奉承,明谡之难废也。为天下宰匠,欲大收物之力,而不量才节任,随器付业;知之大过,则违明主之诫,裁之失中,即杀有益之人,难乎其可与言智者也。"④

蜀中名将关、张、赵、马、黄之伦,文臣诸葛、法正、蒋琬、郭攸之、费祎、董允之辈,皆刘备识拔。刘备死后,所遗文武之材又为诸葛所用。诸葛死后,蜀中无良臣。乃至"蜀中无大将,廖化当先锋"。然非蜀中真无良臣,世有伯乐然后有千里马,乃无识良臣之臣也。此亦诸葛之不知人之过也。

魏徵为唐之名相。初,隋乱,魏徵始事元宝藏,继投李密。二人皆不成大事者,是魏之不识人也。复事窦建德,迨建德败,遂入唐。时群雄投李世民,而魏徵独事李建成。盖建成为太子,是魏徵识官而不识人也。及建成败亡,方为明君李世民用,因其善知事治事乃为一代名相。

李世民有子十四人,群臣拥李治或李泰,而皆恶承乾,独魏徵力保承乾为太子。承乾狗马声色,凶险不实,常人皆知,而魏徵不知；后承乾结党谋杀，被废死。更知魏徵之不识人也。

魏徵为相，太宗比之诸葛亮⑤，曰："虽古名臣，亦何以加？"然魏徵荐杜正伦、侯君集二人为宰相，其后杜正伦以罪黜、侯君集坐逆诛。愈知魏徵之不识人也。

魏徵荐太子，太子败；荐杜、侯为相，杜、侯黜诛。太宗始罪之，削其爵，毁其碑，停其子叔玉婚，其家渐衰。若其能知人，荐太子、荐宰相皆得其人，其家何至以式微？

王安石为宋之名相。力行变法，富国强兵，然其"知人不明"⑥，"引用凶邪"⑦，乃千百年来之公论。为其排斥者，苏洵、苏轼、苏辙、吕公著、韩维、欧阳修、文彦博、富弼、韩琦、司马光、范镇等，皆一代名人。而其所重用者，多奸邪、卑鄙无耻之徒。至其女嫁与六贼之首蔡京弟蔡卞，国人耻之。王安石力荐蔡确，后却为蔡确所害，"士大夫交口咀骂"蔡确⑧。王安石后悔不识人。

王安石颇重邢恕，邢恕得意后反而攻击王安石⑨。复知王安石之不识人也。

王安石力荐吕惠卿于神宗，曰："惠卿之贤，岂特今人，虽前世儒者未易比也。学先王之道而能用者，独惠卿而已。"其见重乃如斯。司马光贻书王安石曰："谄谀之士，于公今日诚有顺适之快，一旦失势，将必卖公自售矣。"安石不听，仍重用之。其后，果如司马光言，《宋史》记"惠卿既叛安石，凡可以害王氏者无不为"⑩。苏轼、苏辙虽与安石不合，然皆大骂吕惠卿。苏轼"备载其（吕）罪于训词，天下传讼称快焉"⑪。苏

王安石像

辙条奏其奸曰："惠卿怀张汤之辨诈，有卢杞之奸邪……安石于惠卿有卵翼之恩，父师之义。方其求进，则胶固为一，及势力相轧，化为敌雠，发其私书，不遗余力。犬彘之所不为，而惠卿为之。"⑫王安石荐重吕惠卿不遗余力，吕惠卿害仇王安石不遗余力，安石深悔无及，晚年退处金陵，写"福建子"三字，以示深悔（吕为福建人）⑬。又知王安石之不识人也。

安石所荐章惇、曾布等，皆宋之奸臣，亦皆反误安石者也。王安石之不识人，书不胜书。后人论以元丰以降，直至宋亡，凡奸臣佞人、国贼、害民误民者、邪恶无耻之徒，多为安石所重、所爱、所荐、所用，然其人转而又害安石，益见其不识人之甚也，误国又误己。故其弟王安国亦云："恨知人不明。"⑭

更有人以为北宋之亡，祸自安石，固非笃论。然安石"知人不明"，确是其弊。

人之智固止于一端，然明相治事之精，超乎常人；知人之昧，乃在常人之下，真不可解也。

注释：

①见《史记·管晏列传》。
②③④见《三国志·蜀书·董刘马陈董吕传第九》。
⑤⑥见《新唐书·魏徵传》。
⑦⑧《宋史·王安石传》中王安石语。
⑨⑩⑪⑫⑬⑭《宋史·奸臣》。
⑮见《宋史·王安国传》。

附：

　　刘备能识诸葛，以见明君之善识人；然其北下伐吴，至惨败而回。吴之不可伐，诸葛知之，而刘备不知，是知明君善知人而不善知事也。然非所有明君皆不善知事，读者察之。

诸葛亮像

古今翻译之异

——翻译史上一个重要问题

　　古代,吾国译者译外国或外族地名、人名、朝代名,多用奴、倭、赖、卑、乞、犬、吠、痢、女、月(肉)、腓(小腿肚上肉)、龟、婆、尸、秽、涉、拘等字,如匈奴、倭奴、贺赖、寇头、鲜卑、乞伏、休官曷呼奴、秃发傉檀、秃发乌孤(以上见《晋书》)、犬戎(殷周时,为殷周西边之劲敌)、吠陀(狗叫曰吠。印度最古的宗教文献和文学作品的总称)、吠舍(古印度四瓦尔纳中的第三等级人)、吠檀多经、吠檀多派(皆古印度中经典和学派名)、女真、大月氏(音:肉支)、腓力普(印度地名)、赫色儿(印度地名)、爪哇、身毒、天毒(天竺古译为身毒、天毒)、迦尸(天竺十六国之一)、拘奴国(《后汉书》卷　一五《东夷传·倭国传》:"倭奴国……有一女子,名曰卑弥呼,年长不嫁……至拘奴国,虽皆倭种,而不属女王。自女王国南四千余里,至朱儒国,人长三四尺。自朱儒南行船一年,至裸国、黑齿国……")、龟兹、婆罗门,涉倭……

　　明人译清太祖曰:奴儿哈赤。其后,清人知"奴儿"本意,遂改书为:努尔哈赤[①]。

　　古译者译外地名,多用轻贱字眼,如"吠"(狗叫),今之译者即译为"费"。美国的费城(Philadelphia,全称为:费拉德尔菲亚),如果在古代,必译为吠城;纽约(New York)必译为妞夭渴。

然 18 世纪以降，中国译者译欧美等外国地名、人名等多用：英、美、利、坚、吉、德、威、大等壮雅之词。如美利坚，简称美国，既美、且利，又坚硬。如果在古代，必译为：霉里尖或霉里奸，简称霉国。英吉利，简称英国，又称大不列颠，按《人物志》谓："聪明秀出谓之英，胆力过人谓之雄。"既英，且吉利；又有不可颠覆之强。若在古代必译为：痈肌理，或佣急哩，最客气也只能译为莺鸡里，简称痈国，或佣国、莺国，决不会译为"英"。法兰西，若在古代必译为：发烂稀。其他如：意大利、德意志、奥地利、比利时、保加利亚、芬兰、爱尔兰、荷兰、挪威、波兰、瑞典、瑞士、刚果、澳大利亚、百慕大群岛、加拿大、智利、哥伦比亚、古巴、圣卢西亚等，皆优美、壮雅之词也。一代译者及文人之心态，于此可见。

古之人，视外族、外国为奴、倭、犬、吠、卑、尸，我之气盛也，气盛则国盛。今之人徒慕他人为英、美、利、坚，长他人之气，则自己之气弱也。气弱则国弱。他人气本盛，我又以英、美、利、坚鼓之，则气犹盛。

古之外人称我为大秦、大汉、大唐，今之外人称我为 China。China 者，陶瓷也。陶瓷何利何坚？何颠而不破？

一强一弱，于译名中即可见也。

译者当以传统译法、兼采吾新说，如以霉里尖、痈肌里等重译外国地名，则我中华足以制之也。

而我中华，本不叫 China（陶瓷）。China 乃外国人所译，实为臆取，更有小视之意。古人自称吾国为"金瓯"，如《南史·朱异传》中有云："我国家犹若金瓯，无一伤缺。"张维屏《雨前》诗云："早筹全策固金瓯。"左宗棠发誓要"老死西域"而"使金瓯罔缺"。"金瓯"则大异于陶瓷也。吾久疑洋人称我 China 乃针对我"金瓯"而言。我堂堂大国如金瓯，竟被视为陶瓷，其恶意显见。我应恢复本名 zhōng huá（中华）。此应通知世界各国及联合国，皆以"中华"音译为各国文字为是。

附记一：

此吾十年前在美任职时所写之文。后回国内作过讲演，一气功师听后鼓掌曰："先生所言极是，美、利、坚、英、吉、利，则气为他人所得，人强我弱，译者有其责也。我'中华'亦不应再叫 china。应如先生言，改为 zhōnghuá 为是。"

附记二：

英国，清代学者尝译为阴国。

注释：

①见陈垣：《史讳举例·清讳例》，第 122 页，上海书店出版社 1997 年版。

人才多出于四季分明之地

地球中部(赤道)无人才,两极无人才。盖常年极热极冷无四季冷热之变化者,人之大脑无由锻炼故也。中国北部文人少,极南部文人亦少,惟江南文人多。江南四季分明而冷热短。全球人才以欧亚北美为最集中,乃地理至佳故也。

天气变化,人之情绪思维随之。吾乡有谚云:"行哭行笑,骑马坐轿。"情绪思维变化快速之人,皆伶俐敏捷之辈,故易成功。曹孟德于逃难之际,忽而大笑,忽而大哭;八大山人,哭之笑之,皆奇才也,痴呆愚钝之徒不可至矣。喜怒无常,不易捉摸,此伟人之弊,亦伟人之长。天子一怒而天下安,此开国之帝也;生于深宫之内长于妇人之手,无怒无怨,此后世皇帝之昏庸也。文穷而后工,屈原被逐而有《离骚》,杜甫遭"安史之乱"方为诗圣,李后主亡国之后,词界始大。固其胸中有泪,言中方有物,然其大脑得以刺激锻炼,亦其故也。

人脑处于常态则钝,故人受辱、受惊、受挫之后易成熟,皆炼动其脑也。改朝换代之际多人才,亦然。然事故于人不常得,而四季冷热变化必随时而至,故《易》云:"变通莫大乎四时。"[①]是以人才多出于四季分明之地。今人若以科学之力抗冷热自然之惠,违天地四季之意,必得劣报,惜人不自知也。

余家不装空调,知者笑曰:"穷教授无力装空调,而有力造此谬论以装点门面,此文人之陋也。"余一笑置之。

注释:

①见《周易·系辞上·传》。

补注:

杭州一名医(著作颇多)读此文后,甚为赞同,以医家科学补充云:夏热时,人之血管膨胀,冬寒时,人之血管收缩,春秋中之,亦如流水不腐,户枢不朽,有益于人脑健康发展及思维之敏捷。常年处热、寒及无大变之气候中者,其脑亦易钝也。且云"陈君论'人才多出于四季分明之地'颇有理"。并托政协一友反复告之,故附记于此。

秋林图　陈传席

瑶宫秋扇图轴　任熊

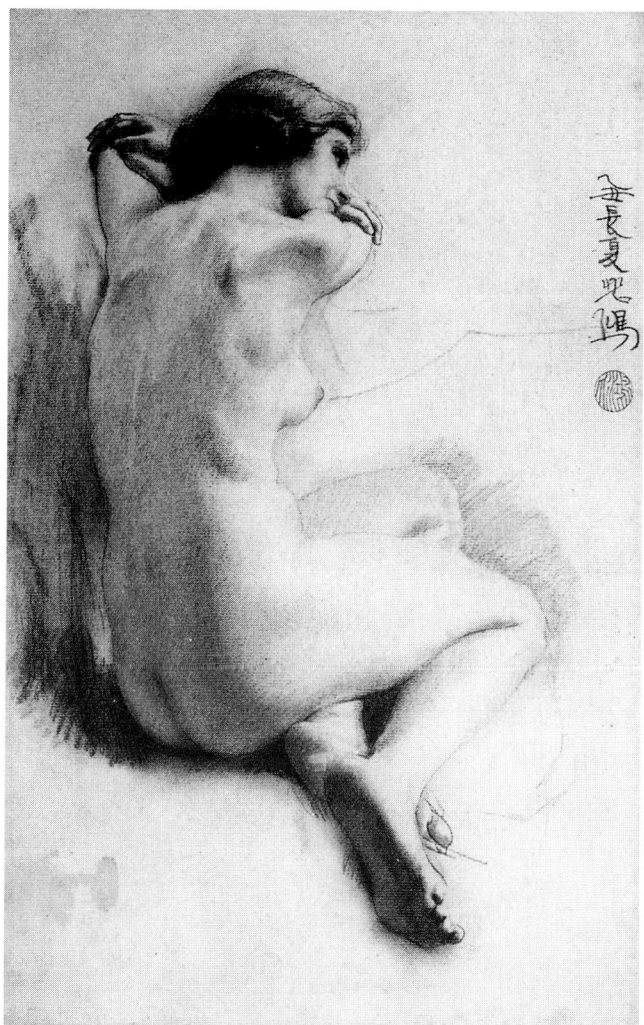

女人体　徐悲鸿　1925 年

人生不可无憾

——美女、才女非寡即夭

　　少时读书，记有一语："妇之有才有色者，辄为造物所忌，非寡即夭。"惜已忘却出自何人何书。然美女、才女"非寡即夭"一语三十年不能忘。证之古今，信知此语之不虚。西施①、王昭君、赵飞燕、绿珠、杨玉环，美女也，皆不得善终，此夭也。班昭②、蔡文姬、李清照，才女也，皆亡夫或数嫁，仍不得意，此寡也。若朱淑真，才女复雅女也，然嫁一俗商，心境忧郁，终日断肠，此又不若寡也。若唐诗人鱼玄机③，虽为人妾，爱衰遭弃，乃入观为道士，终因获罪论死；若薛素素④、柳如是、卞玉京之流，美女而兼才女，然堕落风尘，斯又其下矣。

　　人生不可无憾，完美即死亡。

　　十全十美者莫过于西摩尔格⑤，然终成祸害而被杀。此可为知不足者戒。

　　嗟夫！知人生必有憾，则无憾已⑥。

注释：

　　①最早记载西施的《墨子·亲士》有云："西施之沉，其美也。"言西施因美丽被人沉入江中。或曰："越王勾践灭吴后，西施被视为'亡国之物'，被越王夫人装入袋中复沉入江底而死。"《史记》记"范蠡既雪会稽之耻……乃乘扁舟浮于江湖，

西施

变名易姓,适齐为鸱夷子皮,之陶为朱公。"正义引《国语》云:"勾践灭吴,反至五湖,范蠡辞于王曰:'君王勉之,臣不复入国矣。'遂乘轻舟,以浮于五湖,莫知其所终极。"皆未言携西施同游。早期史料皆无西施记载。后人记吴亡后,西施与范蠡泛舟五湖,皆好事者艳其说也。余尝游西施故里浙江诸暨市,苎萝山西施殿有今人赵朴初诗碑云:"破吴禄弗及蛾眉,轻卸宫妆却锦衣。寄志江湖同范蠡,令人长忆浣纱溪。"《左传》介之推:"不言禄,禄亦弗及。"李白诗:"越王勾践破吴归,壮士还家尽锦衣。"亦云西施与范蠡寄志江湖,不知何据? 余尝叹曰:若果有西施,且果嫁于吴王,西施理应协助其夫共振吴国。同时,促使吴越共弃前嫌,为睦邻之国。何乃助越灭吴? 灭吴即灭其夫,夫亡,则家亡。家亡,其岂复能自存耶? 西施之被沉入江,宜乎? 不宜乎? 哀哉! 又,与西施同时被献与吴王之美女郑旦,于吴亡后,亦郁郁而死。此亦见美女不善终也。郑旦亦浙江诸暨人,与西施同时同里,诸暨至今仍有郑旦亭。

②班昭:班彪女,班固妹,嫁曹世叔。未几,其夫死,是以班昭早年即守寡。和帝下诏令其续《汉书》,马融从其受业。班昭虽才女,亦寡也。

③鱼玄机(844—868):字幼微,一字蕙兰,长安人。天资聪慧,才思敏捷,十五岁为李亿小妾。得李亿之宠爱仅一两年,因李亿夫人"妒不能容",被李亿遣至咸宜观为道士。鱼玄机从此日夜怀念李亿,盼望有朝一日破镜重圆,相思之句

朱淑真

有"忆君心似西江水,日夜东流无歇时"、"散聚已悲云不定,恩情须学水长流"等,皆为李亿而作。李亿,字子安,当时在朝中任补阙(掌管讽谏、举荐人员),本是风流才子,早已把鱼玄机淡忘。鱼玄机更有"易求无价宝,难得有情郎"、"茫茫九陌无知己,暮去朝来典绣衣"等名句,复与大诗人温庭筠等往来,互赠诗篇。温庭筠"薄行无检辐",对鱼只取玩弄态度,并无真情。后鱼玄机因性情暴躁多疑,笞打女童(侍婢)绿翘至死,遂被京兆尹温璋依律处死,年仅二十四岁。《唐诗快》黄周星云:"嗟呼!世间至难得者佳人也,若佳人而才,非难中之难?乃往往怫郁流离,多愁鲜欢,甚至横被刑戮,不得其死。如张丽华、上官婉儿,皆斩于军前,王韫秀、鱼幼微具毙于杖下。白刃蜷蟉之领,赤棒凝脂之肤,人生惨辱,至此已极。"美女、才女之不幸,乃如斯。后人辑《唐女郎鱼玄机诗》一卷,《全唐诗》存鱼玄机诗五十首。

④薛素素:明末著名画家、诗人。胡应麟《甲乙剩言》记其"姿度艳雅,言动可爱。能书,作《黄庭》小楷,尤工兰竹,下笔迅扫,各具意态,虽名画好手,不能过也"。当时及其后董其昌、李日华对她都很推崇。素素文武双全,走马挟弹,百发百中,"尝置弹于小鬟额上,弹去无迹。自称女侠"。又能调筝、鸣机、刺绣、作诗。但多次做人小妾,皆被遗弃,境遇凄惨。薛素素事略见《明诗综》、《甲乙剩言》、《式古堂书画汇考》、《珊瑚纲》、《玉台画史》、《明画录》等。

⑤伊斯兰神话中之神鸟。

⑥吾友最爱纳兰性德，读此条后曰："纳兰性德生于显贵之家，其父明珠乃叶赫贝勒之孙，其母爱新觉罗氏乃努尔哈赤之孙女、英亲王阿洛格之女。一生荣华富贵，又才华出众，其二妻，一为卢氏，两广总督之娇女，才貌双绝。二为官氏，家世尤为显赫，乃一等公之女，才貌之佳，无与伦比。其二妾，一颜氏，二沈氏，皆绝色美女，而又才华超众。且颜氏之孙官一品。沈氏乃著名诗人，有词集行世。富贵、娇妻、美妾、高才，人生有此四者，可以无憾也。纳兰性德皆得之，何憾之有？"余曰："纳兰性德太完美，年仅三十一岁即亡。其憾一也。纳兰少时爱其表妹，亦才貌惊人之女也，然被选入宫中，纳兰悲痛终生，怀恋至死。其《画堂春》词曰：'一生一代一双人，争教两处消魂。相思相望不相亲，天为谁春？浆向蓝桥易乞，药成碧海难奔（典出《唐人小说》）。若容相访饮牛津，相对忘贫。'其憾二也。纳兰一生'惴惴有临履之忧'，词皆断肠语，何谓无憾？"

补注：

一、清之顾太清亦美女而兼才女也，其名春，字子春，满之贵族之后，姓西林党罗，乃清名臣鄂尔泰之侄曾孙女。其祖父鄂昌于甘肃巡抚任获罪，太清少养于顾家，遂冒顾姓。初嫁不久，其夫即卒，遂成寡妇。太清才高貌美，闻名于时，乃为清高宗第五子永琪之孙奕绘纳为妾。奕绘亦有才名，自号"太素主人"，妾遂号"太清主人"，后人称之为"顾太清"是也。其夫唱妇和,如李清照之嫁赵明诚也,虽为小妾,亦畅神于一时,然奕绘年仅四十而卒,太清复寡也。奕绘卒后,其嫡妻嫡子皆虐太清,太清之子亦因庶出,而遭歧视,不得已,出府别居,其境惨焉。太清贵女名女美女才女,数嫁皆寡,晚景凄悲,亦憾也。

二、俄罗斯大诗人普希金之妻乃当时第一美女,然二十四岁时其夫即死(普希金因其妻美之故与法国军官丹特士决斗,丹特士先开枪,普死),独自携四子,守寡七年,苦亦甚矣。后嫁军人兰斯科依,五十一岁病逝(见《中华读书报》2002年11月20日《你没有任何过错》)。

多情、寡情、无情、痴情

　　吾读文，喜热如火、冷如冰者。然今人之文，温如阴阳之水，读后无动于衷。故于时，吾贵今而薄古；于文，吾贱今而厚古。

　　夫热如火者，多多情之人所作；冷如冰者，多僧尼及真出世者所为；温者，多无情之辈所造也。今人无情者多，有情者鲜，势必其然也。陈眉公云："多情人必至寡情。"吾每读其《小窗幽记》，则必驻目于此良久，何哉？盖多情人所钟情者必多，故不专，若所钟者一，则所需钟情者亦须专一，则多情者必转而至寡情，此其一；出与入必至平衡，多情人亦需他人多情，他人情不足，则冷多情人之心，心冷必转而为寡情，此其二；情最难久，飘风不终朝，骤雨不终夕，多情人处处用情，情尽则自寡也，此其三。杜牧"十年一觉扬州梦，赢得青楼薄幸名"[①]，元稹"始乱之，终弃之"，皆多情之种，然终至于寡情。纳兰性德词云："人到情多情转薄，而今真个不多情。"[②]郁达夫"只因情多累美人"，反复离合无以宁，亦因多情至寡情也。然其多情亦真，寡情亦真，非可与无情者语也。有真情方有真文，无情者仅能造文，造文必假，故吾厚古而贱今。

　　若冷如冰霜者，亦能为文或作画。情冷非情无，故其文其画亦冷如冰霜。然自有另一番景象，此暂置而不论。

　　更有痴情人，其热不如多情人，其冷不似僧尼，其必有执

林壑诗思图　陈传席

着之感。余观夫古今之人,惟痴情者情最专、最长,其为文也专,意也深;其为人亦然。余觅痴情女,二十年不可得,每思之泫然,悲也夫!

"回首伤情处,正是情太浓。"

注释:

①杜牧尝于湖州见一幼女,年十余岁,谓为"国色",欲纳为妾,幼女之母因女幼拒之,杜牧约十年之内复来湖州纳之,母许诺。然杜牧十四年后方重至湖州,其女已嫁人三载,生三子。杜牧函召之,其母惧其见夺,携幼同往,答曰:"向约十年,十年不来而后嫁,嫁已三年矣。"牧后悔,赋诗以自伤曰:"自是寻春去较迟,不须惆怅怨芳时。狂风落尽深红色,绿叶成荫子满枝。"是知杜牧多情亦薄情。

②见《纳兰词笺注》,第 142 页,上海古籍出版社 1995 年版。

暂时相赏

见风吹波起,杨柳摇曳;见蝴蝶频扑,蜂儿恋花;见云起云消,雾来雾散;见朝霞夕晖,月白风清;见小草覆地,大树成荫;见台花盆竹,古陶旧瓷;听风声雨声,泉音瀑音;听雷鸣电击,水流浪滚;听钟声号声,笛鸣哨响;听鹂叫莺啼,鹊语雀喳……会心处不必在远,目之所及,耳之所闻,无处不美,虽须臾变幻,过眼烟云,犹足娱人。老杜诗云:"穿花蛱蝶深深见,点水蜻蜓款款飞。""传语风光共流转,暂时相赏莫相忘。"一时之得,足以宜人,时时得之,即足娱终生。若求天长地久,则费尽心机,而无可得。所遇无故物,天地未尝一瞬不变,又何求乎人心、人事、人情哉?又何求乎世道、世风、世情哉?

西子小景　陈传席

读书之如日、月、烛

吾昔读书，记有一语曰："少年读书如日，中年读书如月，老年读书如烛。"其时，吾嫌其言之太过，故弃而不取。今始知其说之可信。余少时读书，一过目，辄不忘，四百余页之书，翻阅一遍，即可背诵，且只字不遗。今已中年，凡读之书，记忆大不如前，惟特感兴趣且有同情者，过目后仍可不忘，其余皆不得不忘矣。乃忆吾友，四十岁到美国，其在国内学美语已二十年矣，至美又十年，仍不精美语；然其子到美仅三月，日常用语已流利过其父焉。有赴美四五十年而语言仍不通者，若少时学语，有何难哉？

一老教授语于余曰：少时读书，至今可记；七十以后，读书翻页即忘；迨七十五，换行即忘矣。繇是知古语之可信。

夫千月不知一日，万烛不如一月，书此以告后生，当努力读书，莫贻老大徒伤悲之憾也。

补：

《颜氏家训·勉学》："幼而学者，如日出之光；老而学者，如秉烛夜行，犹贤于瞑目而无见者也。"

《说苑·建本》："少而好学，如日出之阳；壮而好学，如日中之光；老而好学，如炳烛之明。炳烛之明，孰与昧行乎？"

旧学与新知

夜读朱晦翁诗,有云:

> 旧学商量加邃密,
>
> 新知涵养转深沉。

颇受启发。余因之曰:旧学者,今世学之,由于时代不同,经历不同,知识结构不同,读者不同,故理解亦不同,给予人之启发亦不同,是旧学亦新学也。"旧学商量加邃密",亦转深沉也。

新知,乃以旧学为基础,是以新知中复有旧学也。"新知涵养转深沉",亦加邃密也。

善学者,能于旧学中知新知,新知中见旧学,则邃密、深沉可兼而得之。然此诣不足与迂腐者道。

青山晚照　陈传席

皖人不可小视

　　北人常轻南人,以为气小性柔圆滑曲狡,不易相处;尤以南人虚伪多诈、无信无义而不可为友。南人更轻北人,以为粗鲁无文、愚蠢笨拙、懒惰呆板,更不求上进。传云:北人王尔烈往江南任主考官,江南才子颇轻北人,于王尔烈门上书一上联云:"江南千山千水千才子。"王尔烈阅后,续下联云:"塞北一天一地一圣人"。以地势言,北高于南,"千山千水"亦在"一天一地"之中,"千才子"亦皆圣人哺化之物也。至是,江南才子始不敢轻北人。

　　其实,同为江南人,苏浙之士往往不屑论皖人,苏浙之女亦以嫁皖人为羞。吾前妻绘卉,乃苏中才女,大学本科毕业后,议嫁于余,同事皆惊其何故下嫁皖人,无不以为耻。其实余非皖人,实江苏人也,生于东北,长于彭城睢宁,学于金陵,仕于皖。绘卉乃逼吾离皖回苏,余赴美后回金陵任教授,始定婚姻。同事仍以皖人而咻咻。及知吾本江苏人,意乃释。后仍因之而离婚,绘卉悲而入空门。

　　其实皖人不可小视,凡开吾国风气之先者,皖人皖地居多①。昔天下苦秦久矣,而首发难者陈涉、吴广,皆于皖地为之……远古且不论,清以降,吾国文化,皖人最足称风流。乾嘉学派之首戴震,皖人也,开考据之风,影响巨大。桐城派以阳刚阴柔论文,风行天下,其始者皆皖人也。徽人经商,至

"天下无徽不成镇"，一控清代全国经济之命脉，徽商（皖人）纵横天下，无处不至；清中期，扬州盐商皆徽商，其八大盐商上交朝廷税金过天下之半。徽人到处，经济文化随之。开扬州画派者乃查士标（字二瞻），皖人也。《广陵诗事》记查二瞻定居扬州，时谚云："户户杯盘江千里，家家画轴查二瞻。"扬州八怪之最长者汪士慎，最幼者罗聘，皆皖人也。"四僧"之首弘仁，皖人也；石涛之师梅清，皖人也。开书坛北碑之风而行于天下者，邓石如也，皖人也，人称皖派。慈禧太后，为安徽徽宁道、池宁广太道道员惠徵之女。马克思《资本论》所记惟一中国人、大理财家王茂荫，皖人也……

开吾国原子弹、氢弹之新时代者，为两弹之父邓稼先，乃邓石如六世孙，皖人也。华人科学家获世界诺贝尔奖第一人杨振宁，皖人也。皖人之不可小视乃如斯。

现代文化始于五四新文化运动。五四新文化运动滥觞于《新青年》杂志之创办。《新青年》首卷共 6 期，主编、主笔及作者皆皖人[2]，其中仅谢无量、易白沙二人非皖籍。然谢无量（四川籍于安徽公学任教，其父长期在皖地数县任县长）、易白沙（湖南籍）长期居皖从事教育和革命工作。谢、易二人非皖籍而居皖，实与皖人同。皖人变一代风气，力挽狂澜，翻天覆地，而与陈涉、吴广相呼应，皖人之力何伟哉？！其后，受《新青年》影响而为之撰稿且有影响者有：李大钊、胡适、刘半农、马君武、苏曼殊、杨昌济、吴虞、光升、陈其鹿、陶孟和、吴稚晖、章士钊、钱玄同、蔡元培、恽代英、毛泽东、常乃德、凌霜、周作人、沈尹默、浓兼士、陈大齐、鲁迅、林捐、王星拱、俞平伯、傅斯年、罗家伦、林语堂、欧阳予倩、朱希祖、陈衡哲、李剑农、周建人、陈启修、杜国庠、孙伏园、张崧年、戴季陶、马寅初、李季、李汉俊、杨明斋、周佛海、李达、沈雁冰、陈望道、沈泽民、陈公博……一代之精英，正与反二方之要人，无不露丐于皖人。皖人岂可小视哉？

注释：

①②参见(香港)陈万雄著《五四新文化的源流》，三联书店1997年版。其第6页有云："《青年杂志》的初办是以陈独秀为首的皖籍知识分子为主的同仁杂志。"该书一一考证了《青年杂志》(后改为《新青年》)之众多作者皆皖人。

皖人于清初徽商巨富之后，文化乃发达，号称"东南邹鲁"(孟子家邹、孔子家鲁)。徽商之尤富者转而为扬州盐商，皆支持文化。参见我之论文《论徽商与新安画派》，原刊1984年《商业经济》，后收入拙著《弘仁》第6章，吉林美术出版社1996年5月版；《论盐商与扬州画派及其他》，载《九州学刊》(香港)1987年9月号。

早期的《向导》杂志的刊名二字就出自陈独秀之手

松涛山外　安徽　汪梅鼎

五载客蜀郡 一年居梓州 如何

关塞阻 转作潇湘游 万事已

黄发残生随白鸥 安危大臣在

不必泪长流

杜甫去蜀一首

一九五九年五月 谢无量书

杜甫《去蜀》诗　谢无量书

曾国藩之大气与小气

曾国藩以一书生而能集湘军、抗洪杨，终成大业，此非凡之气也。

然其所著《曾国藩家书》，教子弟做人如何谨慎，乃至讲话不可大声，出语音调须顿缓，处世如履薄冰，颇有颤抖之感，又何其小家气也。

若如此做人，一生有何乐趣！

长风万里送秋雁　陈传席

不了了之

心中烦恼，人事纠纷，愈欲了，愈不得了。若甲与乙之矛盾，双方评说，奔走调解，意在弄清而后止，本欲了结；然则，又节外生枝，非但不清不了，而又益增之。愈了愈多，愈清愈浊，此欲了而不能了之苦也。

凡事与烦恼，以不了置之，则又了也。欲了而不了，不欲了反而了。所谓：不了了之，乃真了也。

余游蜀地新津观音寺，见一联，其下曰：

天下事了犹未了，何妨以不了了之？

久萦于胸，味之无穷，真哲语也。《书》云："心劳日拙，心逸日休。"即此意。

补记：

明人云："如今休去便休去，若觅了时无了时。"

聊天避讳

聊天，与画家莫问画，与书家莫问书，与医家莫问医，与史家莫问史。何哉？盖专门家日夜从事之事，于聊天时复置之，已令人沉闷，倘问者浅薄，岂不更使人厌烦，以至无聊者也。

聊闲天后　丰子恺原作　陈传席临

牡丹　陈传席

"以物寓情"和"以情寓物"

梅竹松菊,世称四君子,谓其能抗风霜严寒,故以之寓人不畏强权横暴也。此乃人"以物寓情"耳,即见其物以寓人之情。

夫"鲜花怒放"、"山也笑,海也笑"者,乃"以情寓物"也。人喜则见花亦喜,见海亦喜,见山亦喜,辛弃疾词云:"我见青山多妩媚,料青山见我应如是。"①又云:"青山意气峥嵘,似为我归来妩媚生。"②反之,人悲则见花亦悲,见海亦悲,见山亦悲,老杜诗云:"感时花溅泪。"同一花,或见之怒放,或见之溅泪,皆人之情寓之耳。

老杜诗又云:"悲风为我从天来。"③风悲者,心悲也。人于少壮之时,宜多观寓情之物,以物寓情,以壮其志,以励其节。当垂老之际,则似宜多"以情寓物",以淡其心,以消其气,以娱其年也。

当寓情于物时,则欣欣然化己为物。则己也,花也,蝶也,周也,栩栩然自喻适志欤!故能淡其心。若老壮之时,依旧见梅松而增抗争之心,则又徒激其气,而年之不许,此不足以适志娱年矣。

注释:

①辛弃疾《贺新郎》词句。

②辛弃疾《沁园春》词句。

③杜甫诗见《乾元中寓居同谷县作歌七首》。

闲似　陈传席

题《竹菊梅鹤莲石图》

　　吾于晋代，过王子猷之院，见其皆竹也；又过陶渊明之宅，见其东篱菊。至宋代，过米芾之宝晋斋，见奇石矗立；又过林和靖之园，见梅鹤散逸；再过周敦颐之池塘，见其出淤泥而不染之莲，一一识于心，五公皆属余作文以记之，余沉薶千余年，今仅作此图以状之，并记。陈传席于金陵，时在癸未春。

竹菊梅鹤莲石图　陈传席

题《三竹图》

百花以艳色媚众，此君以一叶去俗。是以子猷、东坡与我皆爱之。然王能言之，苏能记之，我则能画之也。至此，竹之能事毕矣。陈传席画于悔晚斋并题。

三竹图　陈传席

感·觉·悟

感觉、觉悟，佛家之语也。实由感而觉，由觉而悟。觉者，菩萨也；悟者，佛也。

凡书画诗文之成大功者，必经此三境界。

夫感者，师其物也；觉者，师其心也；悟者，师其性也。师物，即摹仿，摹仿前贤，摹仿自然，其善者曰：能。极善者曰：妙。师心者，即中得心源，先有所思，后以手状其思（以手写心），其佳者曰：奇。师性者，任性而发，不知然而然，随其意也，此化也，其绝者曰：神，逸。

越此三境，尔后成大家。

三般见解

吾昔作文论"感·觉·悟",今复读佛典,更有所悟,再论"三般见解"。

《五灯会元》卷十七载吉州青原惟信禅师语云:"老僧三十年前未参禅时,见山是山,见水是水;及至后来,亲见知识,有个入处,见山不是山,见水不是水;而今得个休歇处,依前见山只是山,见水只是水。大众,这三般见解,是同是别?"①

青原惟信乃临济宗南岳下十三世。其开始时见山是山,见水是水,是只见到山和水之形,其本人并不带任何感情色彩,更无将自己之意识带入山水中去,更不知道山水中还包含着很多文化积淀。此时,青原惟信所见之山水即是山水——皮相之无情无意之物。此在禅家谓之"有执"。以"有执"看山水,形态于笔下者,仅有其形,而无神,更无意。此时,仅有所"感",无觉,更无悟,是师物阶段耳。

清人况周颐云:"吾听风雨,吾览江山,常觉风雨江山外,有万不得已者在。此万不得已者,即词心也。"②"有执"阶段,听风雨、览江山,而无词心也。

尔后,"见山不是山,见水不是水",是因其"亲见知识,有个入处"。入处,即带以禅学底蕴之眼光去观看物象。如是,则物象皆"法身"也。禅家主"法身无象,应物现形"观念,天地间一切物象皆"法身"之变现;当然,山水也是"法身"之变现,是以山不是山,水不是水。此之谓"法执"。以"法执"观物,意在而形亡,见意不见形,故山水之形皆亡,此亦"山不是山,水不是水"也。

艺术、文学之至此,乃师心也。手下所写,即心中所思,非真实物也。然心有所思,心累也;所思之物见于笔下,复非自然之物,刻意变象、抽象者,皆此境也。然非艺术之至境也。师心之精熟者,"觉"也。"觉"者,艺术之高境也,然亦非至境也。

"法执"固为禅家之境,亦非禅家之至境。当其大彻大悟之后,方知"色即是空,空即是色","色空一如"也。故山水即吾意,吾意即山水;山水仍是山水,然其中皆有吾意在。是以此时之山水,与始时(感)山水不同,更与他人眼中之山水不同,吾之修养意识、心境皆化与其中,寄托于其中。吾意寓于山水,吾意有所托;山水以寓吾意,山水亦有所托。禅家谓:"心不孤起,托境方生。境不自在,由心故现。心空即境谢,境灭即心空。未有无境之心,曾无无心之境。"庄子之谓"物化",禅家则谓之"无执"。非仅见山水之皮相,亦非仅见一己之意,即无执于形,无执于意,形意合一也。前言"吾听风雨,吾览江山……"风雨、江山,实在之物也,谓之第一自然。"风雨江山之外有万不得已者在",此"在"虽在而无形,第二自然也,词人感而生之,即意也。风雨、江山中有词心,词心寓于风雨、江山中,形意合一,此"三"也。

听风雨出于耳，览江山出于目，词心出于意，意根于性，能师性者，方能无执，无执于形，无执于心，随性而出，形见则意见，随笔而出，而非皮相之形，亦非心意苦思之形，此为至境也。至于此，诗人能即景为诗，诗皆言志言情，景与志与情合一；画家遂能即象为图，图皆显意显情，象与意与情合一。不执于有象，不执于无象，不执于具象，不执于抽象。禅家云："至人不舍幻，而过于色空有无之际。"所谓"不舍幻"者，乃不舍弃感觉世界也。"过于色空有无之际"者，乃不执著于"有"，不执著于"无"也。故凡过于求具象或过于求抽象云云，皆非至人至境也。随性而出，形也，意也，山水也，吾意也，山水即吾意，吾意即山水。凡艺术诗文之至此者，方可为大家也。图画，近人惟白石、宾虹二老能之，西人惟毕加索能之。诗歌，吾见乎民间真朴老妪能之；古之曹子建能之、李太白能之，而今之以诗文从业者流，吾无所闻焉。

注释：

①见《五灯会元》，中华书局1984年版下册，1135页。

②见《蕙风词话》，中华书局1982年版。

无限秋风　陈传席

论 病

西子病而生柔媚,海蚌病而生珍珠,

牛病而生牛黄,马病而生马宝,

猴病而生猴棘,狗病而生狗宝,

木病而生菌,皆难得之物也。

王羲之病而有书法,至千古书法皆王法也[①]。

凡·高、毕加索、徐渭、八大山人病而有绘画艺术,皆开一代之生面。

贝多芬、柴可夫斯基病而有音乐,流传世界而不绝。

李太白疯狂而有诗。

海明威疯狂而有文。

牛顿病而有力之定律。

爱因斯坦病而有相对论。

纳什病而有经济学[②]。

物有病则有异物,

人有病则有异能。

高岩之下必有低谷,飞瀑之下必有深潭,高于此则低于彼,长于彼则短于此。人生亦然。平平者则平平,不平者则有凸凹;高出者必有不足,得意者必有遗憾。是知造物者心肠并无别也[③]。

注释：

①《语林》记曰："右军少尝患癫。"并记其患癫病时口吐白沫。按王羲之所患之癫，今人谓之羊角疯。

②《环球文萃》1995 年 1 月 25 日载：纳什于 1994 年 10 月 11 日上午获瑞典皇家科学院公布的当年诺贝尔经济学奖。然而医生诊断，纳什二十二岁起就患有精神分裂症。二十多年中，几度进出精神病院（转引自《报刊文摘》1995 年 1 月 16 日）。

③陆游诗曰："原知造物心肠别，老却英雄只等闲。"

抱残守阙

余友专攻甲骨文，求余作书，余曰："所要何词？"曰："抱残守阙。"余曰："善哉！令人动辄畅言大宇宙、走向世界、欧美精神，君独抱残守阙，真学问之道也。"刈大宇宙与欧美者，人人能言，"残"与"阙"（如甲骨文）者，则鲜有人知。若无人抱守，则永失之矣。凡事人人能言，又何足称学问！残与阙，人不能言，君独能言之，斯大学问家之所为耳。又云："天于缺处明。"高处可蔽天，缺处可见天，且犹明也。

以今言言之，抱残守阙者，填补空白之谓也。

补记：

甲骨早期收藏大家刘鹗，字铁云，其斋即名抢残守阙。余友或师之者乎？

一年容易又秋风　陈传席

多移居有益人生

大率有成就者，一生多移居，鲜有终生居一地者。若终生居一地能成功者，若能多移居，则成就必更高；然终生不移居，亦必行万里路，方能有所成就，然终不若多移居者为得。鲁迅自绍兴至南京，至日本东京，至杭州、北京、厦门，后定居上海。郭沫若自四川乐山至成都、东京、上海、广州、厦门、武汉、重庆、香港，最后定居北京。郁达夫自富阳至嘉兴、杭州、日本、上海、安庆、北京、武昌、广州、福州、南洋，卒于苏门答腊。胡适自上海、绩溪，至美国康奈尔大学、哥伦比亚大学，再至北京、上海、杭州，后又至美国华盛顿，最后定居并卒于台湾。

齐白石先世为江苏砀山人，后移居湖南湘潭。齐少游湘潭各地，后至西安、北京、广东钦州、广州，其间去香港、上海、南京、苏州等地，后定居北京。黄宾虹先人落籍皖南歙县，黄出生于浙江金华，后回皖南歙县，再至上海、北京，后定居杭州，其游踪遍天下。

张大千有移居癖，自四川至上海、苏州，至日本东京、京都，再至北京、南京、敦煌、重庆……巴西、美国，最后定居台湾，足迹遍布东、西半球，晚年后乃创泼彩法。

一地有一地之景境与人文，一地有一地之水土与地气，"一方水土养一方之人"。人居一地，则得一境之地气与人文;居数地,则得数地之气与人文。故人居地愈多,得地气之资亦愈多。《易·贲卦·彖传》有云:"观乎天文,以察时变。观乎人文,以化成天下。"故多移居有益人生。然移居之地有南有北者尤佳。北地之雄强,南地之秀润,兼而得之,更为圆到完备。

《孟子·尽心上》有云:"居移气,养移体,大哉居乎!"诚哉斯言。

谚云:"树挪死,人挪活。"人活则地亦活。美国之发达者,移居国也;上海之发达者,移民城市也;纽约、香港之尤发达者,世界移民之地也。是以人才宜易地培养、易地使用,促使其流动为上。书此以俟夫组织、人事暨一切治人者知焉。

山居图　陈传席

穷与达

孟子曰:"穷则独善其身,达则兼善天下。"①唐白居易改云:"穷则独善其身,达则兼济天下。"②后又有云:"穷则独善一身,达则兼济天下。""善"皆易作"济"。济者,救助也,有益也。

余曰:大丈夫岂可独善其身,当达亦济天下,穷亦济天下也。穷要以文济天下,达则以功济天下。所谓达者,或遇于时,或遇于君,言听计从,立功于国,有益于民,"致君尧舜上,再使风俗淳",此之谓济天下也。所谓穷者,不遇君,不遇时也,若独善一身,而不求有所为,则谬矣。士之不遇,不在其位,不谋其政,其身正闲,当著文以垂不朽,使君读其文而知如何为君,使臣读其文而知其始何为臣,使达者读其文而知如何济天下。"匹夫而为百世师,一言而为天下法。"③如是而已。更能使身名昭著,使国家光耀。若曹雪芹穷则著《红楼梦》,使天下后人知有曹雪芹,使四海之内知吾国有《红楼梦》,其功固在达者之上。若仅独善一身,如韩退之云:"穷居而野外,升高而望远,坐茂树以终日,濯清泉以自洁。采于山,美可茹;钓于水,鲜可食。起居无时,惟适之安。"④则何能济天下?退之虽言之,行不果也。若是,则"文起八代之衰"⑤,又何得焉?

或如汉之颜驷答武帝云:"文帝好文,而臣好武;景帝好老,而臣尚少;今陛下好少,而臣已老,是以三世不遇。"此非梓材之士也。梓材之士,当能与时迁移,应物变化,立俗施事,无所不宜。"文帝好文",举世为文,好武者正可补其不足;"景帝好老","尚少"者正好努力,年少,则无不可学,无不可为,何以坐失光阴,待以至老?《文心雕龙》有云:

> 穷则独善以垂文,
>
> 达则奉时以骋绩⑥。

乃至言也。

注释:

①见《孟子·尽心上》。

②白居易《与元九书》。

④韩愈《送李愿归盘谷序》。

③⑤苏轼《潮州韩文公庙碑》。

⑥《文心雕龙·程器》。

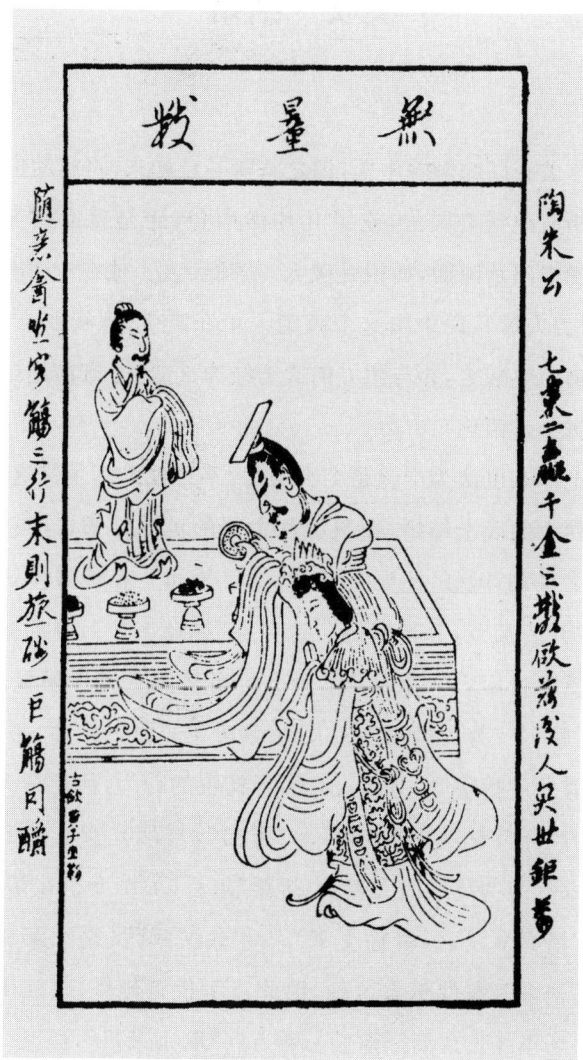

博古叶子之三　陶朱公　无量数（1651 年）　陈洪绶

美女·结婚

拿破仑以睡狮喻中国，谓之睡狮一旦醒来，将震动世界。

胡适跑到美国去，吃了几片洋面包，于是言必称美国。他不说中国是睡狮，而说是美人，是睡美人。他在1914年写了《睡美人歌》，说中国这个睡美人正在睡觉，须得西方的武士一吻而唤醒之，并与西方的武士结为夫妻，才有前途（因而他主张全盘西化）。

毛泽东也认为中国是个大美女，不过他绝不主张这位美女与西方的武士结婚，而只能和中国的英雄结婚，这英雄必须有文采，通风骚，还要有武功，缺一不可。在他眼中，这位美女"红装素裹，分外妖娆"，这美女"如此多娇"，因而"引无数英雄竞折腰"。"折腰"作什么？当然是求爱。陋儒多释"竞折腰"是"为了祖国的强大，不惜献出自己的生命，甚至粉身碎骨"。"折腰"即弯腰、恭候，有礼貌的行为，何能释为"粉身碎骨"呢？见美人"多娇"而"折腰"，当然是倾心、求爱之意。那么多的英雄向大美女"折腰"求爱，大美女也在认真挑选。"惜秦皇汉武，略输文采"，"秦皇汉武"虽是大英雄，然"略输文采"，条件不太过硬，因此还不值得她爱，这江山（大美人）还不能长久属于他们。数点到"唐宗宋祖"，但又"稍逊风骚"；数到元代"一代天骄，成吉思汗，只识弯弓射大雕"。这成吉思汗，只有些武功，更不行。"数风流人物，还看今朝。"数到"今朝"的"风流人物",才值得美人去爱。反之,"今朝"的"风流人物"才是完美的大英雄。他既有文采、通风骚,又有武功,他才有资格得到这位大美人,这美人应该长久属于他。陋者释"今朝"指无产阶级,"数"言其人数之多,而非指一人。恐不确。"数"是"数点",从秦皇数到成吉思汗,又数到"今朝",大美人终于得到了她的所爱、她意中的完美人物。这人是谁?

毛泽东在重庆,很多文人请他解释这首词,他只写了"诗言志"三个字。"风流人物"是何许人,则昭昭明甚。然而今之陋儒仍然读不懂。无大英雄之胸怀何以知大英雄?诸陋儒强作解人,意在"明字句"。然而,字句尚不能明,又何能知其深意?

蒋介石亦曾说:"我中华江山如此美好,怎不令人生爱……历史既将重责付与我蒋某人,我自将当仁不让。"其言亦寓江山美人独占之意。

爱国者有罪,罪不容赦;非爱国也,爱独夫之所爱也。杀父之仇,夺爱之恨,恨莫大焉,故罪不容赦。七君子何罪?李公朴、闻一多何罪?爱国也。独夫所欲独占而不容他人爱之,故有罪。古人亦然,宋太祖征南唐,词臣宣南唐诸罪状,太祖曰:"南唐何罪?"接着曰:"卧榻之旁岂容他人酣睡。"亦江山(美人)独占之意耳。

政治家以美女结婚喻江山,艺术家则以恋爱结婚论艺术。海上名家王一亭论画则企望中日绘画"结婚",将生出一

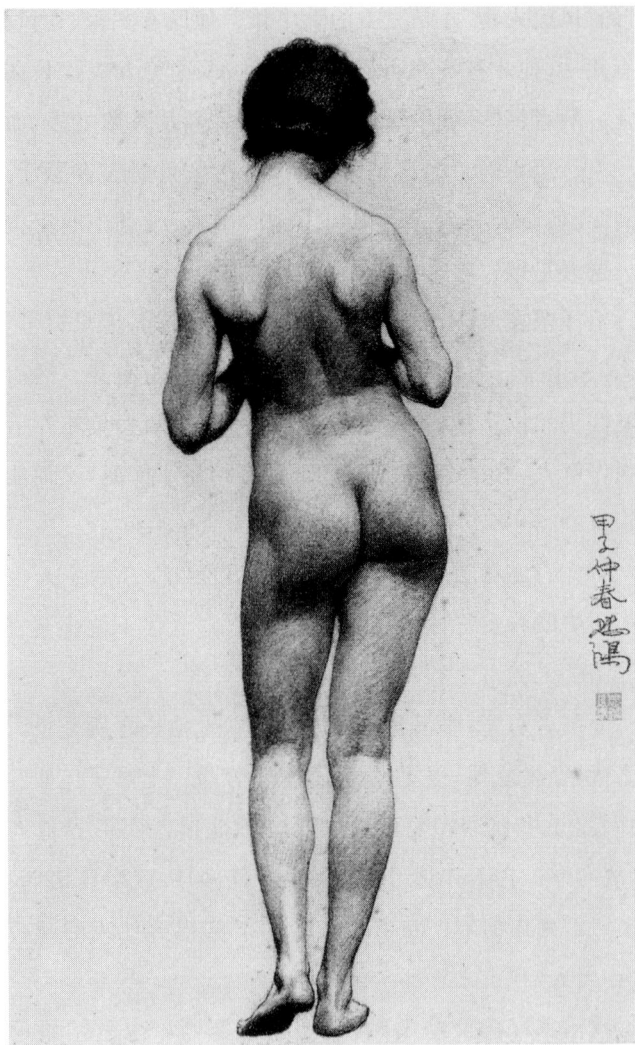

女人体　1924 年　徐悲鸿作

个"宁馨儿"。圣清则希望中国艺术与欧洲艺术来恋爱，好来共同产生一种"世界的艺术"。

傅抱石听后则勃然大怒，大声斥之曰："还有大倡中西绘画结婚的论者，真是笑话！结婚不结婚，现在无从测断，至于订婚，恐在百年以后，我们不妨说得近一点。"

艺术是个大美女，和外国人结婚是一路，和本国英雄结婚是一路。言其必和外国武士结婚者，大可不必；言其必不可和外国武士结婚者，亦大可不必。然则，民族不同，文化不同，和外国武士为友则可，结婚则须慎重，弄不好，则将美女嫁出去，一旦嫁出去，则失其国籍也。

为人与为艺

"舍己随人"或"舍己为人"者,乃为人之高贵品质也。

"舍己随人"或"舍己为人"者,乃艺文家为文为艺之低下思想也。艺术家当"舍人为己"。张融有言:"不恨臣无二王法,恨二王无臣法。"此真艺术家之言也。舍弃他人,突出自己,树立个人,使己之文风艺风独立于世,斯乃高尚也。若一味"舍己随人",乃文奴、艺奴、书奴也!何足道哉?

"喜新厌旧"或"喜新厌故",乃为人、为友、为夫、为妻之大忌也。《易》云:"人惟求旧,器惟求新。""喜新厌旧"或"喜新厌故",乃艺术家必备之作风,否则,何以名家?

若乃前者,则对友人、家庭之不负责者也;若非后者,则对艺术之不负责者也。噫!——为人乃与为艺之异至若斯也。

"温和"、"老实"之人,人之所喜也;为人之如此,人愈交愈久愈爱。"温和"、"老实"之文之艺,人之所厌也;为艺为文之如此,人愈观愈厌且不能久观也。

故为人正需温和老实,为文为艺正需火热、冰冷、尖锐、锋利。

嗟夫!大块文章任芒角——斯乃余之为文之道也。为艺者亦当如斯。若假以修饰,再加雕凿,宁足为大家乎?

文章之深与浅

作文如水。

半尺之坑，水混浊如泥浆，反复观之而不见底，使人疑有千尺之深，实浅也。

百尺深潭，水清洌透彻，一览而明，潭底虽深，如现眼前，似浅，而实深也。

凡作文者，作者胸中无识，不知所云，则必错乱而无旨。故堆砌名词，借艰深难明、佶屈聱牙之语为之，以掩其浅，此貌似深而实浅薄之极也。因其言之无物而故弄玄虚如此，故读者若见其混浊之语、艰涩之文、难懂之言，不必疑其有物，尤不必疑其有深度也。

若院中蓺菊、梅、兰、竹，清雅之物，门窗必以透明玻璃为之，使人一览而见其风情。若院中堆破烂杂物，门窗必以厚纸糊之，使人不见其物，其实无物可见也；若有物，乃俗物也，自不必见之。

凡作文，若作者胸中有识，则振笔直书品极之文，自是本色。思之所至，笔亦随之。何暇堆砌名词，寻觅艰涩之语、鲜用之典耶？故意多情深之文，语必清澈明了，一览而明，似浅而实深也。似浅者，语文近而无隔，读之亲近也；深者，内含学识渊深也。

刘融斋云："艰深正是浅陋，繁博正是寒俭。"所言极是。

文章之远与近

佳文意远而语近,劣文反是。

感觉敏锐方可为文,其文自然意远而语近也。以猎喻之:"风急鹰眼疾。"鹰飞千仞之上,虽兔藏草丛之中,一览而见,长空展翅,奋起直下,兔起鹘落,"寒山几堵,风低削碎中原路"①,"云披雾裂虹蚍断,霹雳掣电捎平冈"②。瞬息之间,而至万丈之遥,虽远犹近也。若病牛驮盲猎,虽行千日而无所获,兔之在前犹不见,虽近犹远也。

为文亦然,感觉敏锐,识见高超者,一语而中的,一言而为万世法,虽深奥之意,可用浅近之语表而出之。若感觉迟钝,识见低下之徒,虽呴呴千万言而不知所云,虽浅近之意,亦言之茫然无际,尤言之无物也。

故吾读文,有时见一语而终生不忘,语虽短而意无穷也;有时读千万言而无所获,言虽长而意极短乃至无意也。故尔后,凡吾读文,览数语而无所获者,则弃之不读。

注释:

①清陈维崧《咏鹰》词句。

②唐柳宗元《笼鹰词》句。

远帆图　陈传席

法与意

作文如作画。白石之画，意高于法。宾虹之画，法高于意。

盖意高者，必有法，无法则无可达其意；法高者，必生意，无意之法不可高。是以法高与意高，各有偏至而已。

昔人评郭沫若诗意高，闻一多诗法高。然则郭诗岂无法哉？闻诗岂无意哉？

画者学画，当以练法起，以练意达。练法以增其技巧，练意以达其性情。练法以至理解为后得，练意以至纯真为后得。

作文类之。刘熙载论文曰："盖法高于意则用法，意高于法则用意，用意正其神明于法也。"①乃至言也。

注释：

①见《刘熙载集·艺概·文概》，华东师范大学出版社1993年版，第82页。

情与理

　　吾尝论傅抱石与潘天寿之画云："抱石之画,以激情胜。天寿之画,以理性胜。"激情以才为基,理性以学为基。

　　才自内发,学以外成。然才高者不可全无学,学多者不能全无才,二者亦非绝然不相接也。

　　治学与作文者知此,亦当有所悟焉。

九畹生气　陈传席

大书法家忌言为书法家

溥心畬生前常云："与其称我为画家，不若称我为书法家；与其称我为书法家，不若称我为诗人；与其称我为诗人，不若称我为学者。"①然溥心畬能鸣于世者，乃画也。然则画家不如书家，书家不如诗人，诗人不如学者（画家有技巧，学者有学问），乃大书画家之共同心理也（小书画家反之）。

林散之为一代大书法家，生前自谓为诗人，书乃余事耳。其自书墓碑曰："诗人林散之暨妻盛德粹之墓。"惟恐死后，人书"书法家林散之之墓"。然则林散之能鸣于世者，书法也。其去世时，《人民日报》1989 年 12 月 8 日报道题为《当代书法家，草圣林散之逝世》，云："被誉为当代草圣的著名书法家林散之 12 月 6 日上午 8 时 30 分在南京鼓楼医院病逝，终年 92 岁。"则亦以书家称之。日本人闻林散之名而低首者，亦羡其书法也。日本书家青山杉雨赠林散之词云："草圣遗法在此翁。"然林氏自己忌言为书家。

高二适生前，亦以书法鸣世，然自称学者兼诗人。倘有见其面欲索其书者，而盛称其为书法家，其为怒而斥逐之，绝不与书。若称其诗佳、学问佳，仅欲得其诗而诵之，其必喜而操笔自书其诗以赠，则其书法亦得也。

林散之后，启功为中国书法家协会主席，而启功之书亦学问之余事耳。

古今无一大书家非饱学之士（当代伪书家例外），王羲之为右将军，其《兰亭序》一文流传千古，为历代文学精品。欧阳询撰《艺文类聚》一百卷，乃学界之丰碑。虞世南编撰之《北堂书钞》一百六十卷，皆后代学者必备之书。颜、柳皆国家要员，皆有诗文遗世。颜真卿更编撰《韵海镜源》三百六十卷，为最早按韵编排之类书。宋之苏、黄、米、蔡皆大文人，元之赵孟𫖯、倪瓒皆大诗人。今之毛泽东、于右任、谢无量、鲁迅皆大诗人兼大学问家，书法其余事也，然其书法无人能过。

不能文而能书者，古今绝无一人。

今之无文之徒而自称书家者，真令人笑倒。

注释：

①此言系刘国松先生面告。又，刘国松曾写《溥心畬》一文发表于《艺术家》1996 年第 6 期上，说："若你要称我画家，不如称我书家；若称我书家，不如称我诗人；若称我诗人，更不如称我学者了。这是我的老师溥心畬在世时常常对我说的。"（见台湾出版《艺术家》月刊 1996 年第 6 期）

继化六十年，道德高悬日月亮

弦歌半世纪，桃李遍布东西球

贺吾师李铸晋教授八十寿辰 陈传席撰并书

贺李铸晋教授八十寿辰 陈传席撰并书

玄黄龙战千年坡。百万旌旗动昊穹。归去又登金龙龙顶。月寒空照林尽王城。

登云龙山诗稿选予二十年前旧作也 陈传席

登云龙山　陈传席撰并书

人生不可全求，亦不可全无求

——林散之不淡名利

世传大书家林散之先生一生淡泊名利，其弟子云："林老厌绝名利，惟以书画自娱。"又云："凡谈名利者，林老必鄙之。"先生亦自云："笑把浮名让世人。"余观《林散之书法选集》，见其《临熹平残石》书后，自作一诗云：

> 伏案惊心六十秋，未能名世竟残休。
>
> 情犹不死手中笔，三指悬钩当苦求。
>
> 临熹平残石竟，书此自感，散耳。

诗言志，诗中可见真情。是诗写于 1972 年 5 月 24 日[①]，其时先生已七十有五，仍以"未能名世"而痛心疾首，则先生求名之心跃然纸上矣。虽"未能名世"，然"情犹不死"，即仍为"名世"而力争。先生于七十三岁时，因洗澡而被开水锅烫伤，经医生抢救，尚存三指头可以执笔，其余皆残，故自称"残叟"；因"情犹不死"，乃以"三指"执笔，艰难"苦求"。"苦求"者何？"名世"也。何谓其无名利之心欤？

噫！求名而淡名者，余未尝见之。散之先生一生淡泊于官，淡泊于势，惟于书名、诗名孜孜以求，斯所以能成一代草圣。若于书名亦淡泊，则无今之林散之耳。

先生"笑把浮名让世人"，是将"实名"自留之也。刘禹锡云："名由实生，故久而益大。"散之先生名由实生，愈久愈大，是可知已。

嗟夫！后生当知：有所不为方可有所为，淡于彼方能得于此，求于彼必淡于此，人生不可全求，亦不可全无求。

夫商人求利，官员求势，艺者求名，学者求知。有客问余曰："先生所求者何？"余曰："知不足。"

注释：

①此诗见《林散之书法选集》，第68—69页，江苏美术出版社1985年版。书法中自书"一九七二年五月廿四日，林散之临"，书后附诗似略晚于此。又此集前有林氏1985年"自序"，是知所收之书法皆先生自定，无可疑也。

枝蔓与干枯

写文、讲演,忌枝蔓,亦忌干枯。

离题太远,插话太多,谓之枝蔓。然离题有二:其一与主题无关,且言之无物,此非枝蔓,谓之杂乱无章、胡言乱语可矣。其二与主题似有关,然不近密,听者欲知此,而言者却由此而及彼,言之尚有物,亦有味,此谓之枝蔓。枝蔓言者,知识尚博,然未能扣紧主题,不能于一事言透,却枝外生叶,此其弊也。

干枯者,亦有二:其一知之太少,无可言。此不足写文与讲演也。其二言之虽确,然阐述太少,且板刻无味,听者无趣,亦无可谓深信。如树之有干,然无枝叶,似枯也。

凡写文、讲演,主题既立,枝干既明,言简意赅,此之谓精练。若复能辅之以博征旁引,左岐右出,此之谓丰满。

精练者,非谓之干枯也。丰满者,非谓之枝蔓也。然精练太过,又近于干枯;丰满太过,又近于枝蔓。不枝不蔓,不干不枯,乃恰到好处。然何以致之?袁枚咏岳飞诗云:

> 我论文章公论战,千秋一样斗心兵。

有何法可依?"运用之妙,存乎一心。"[1]斯以也。

注释:

[1]《宋史·岳飞传》。

众山响应　陈传席

名家和大家

昔梁释慧皎著《高僧传》云："名者，本实之宾也。若实行潜光，则高而不名；寡德适时，则名而不高。"有实方有名，然而名与实不符者，古今皆代不乏人，有名高一代而无其实者。然而无实而有名者，如气泡之突然升起，为时不久即消失，终无名也。故曰："名者实之宾也。""实行"者，切切实实而行也。如是，日积月累，方能"高"。然而不名者，何也？立时不能适俗，一也；自己不善推销，二也；无人为之鼓吹，三也。然而因其高，久而必有识者。故真高者，一时无名，久后必有名。实在则名在，如泰山在，泰山之名必在，且能不朽。

适时必迎俗，偶一迎俗，亦不名，若事事适时，时时迎俗，处其心积其虑，上拍下骗，虚张声势，招摇过市，张旗鸣鼓，造声造势，人人知之，此必名也。然则用心于虚，必无力于实，则名而不高也。不高者，一旦声销鼓息，人仍不见其实，则不名也。是以名家若无其实，久之必不名。

故先有其实而后有名者，为真名家；徒有虚名而无其实者，为伪名家。伪名家者，皆寡德之徒也。迎合上意，顺适俗情而成名者皆然。

余所论者，真名家也。真名家真有其实者也，然则未必为大家。若大家如高僧，"实行潜光"，乃至于高，高则必有名。是以大家必为名家，然名家未必为大家。名家之名或一时过于大家者,盖因世人识见平平者众也。然则大学识家、大史学家一出,慧眼识之,理论之,批评之,张扬之,使庸众知之,或著之于史,以垂不朽,大家之名终过于名家也。

夫名家与大家之别者何?曰:名家作画作文,意在画与文,平日训练技巧,以技巧之功而使画与文完美,以之炫众也。众人见其完美而惊其功,其人亦名也。大家作画作文,意不在画与文,当其胸中有意,则振笔直言其意,有话则短,无话即罢,嬉笑怒骂,皆成文章。苏东坡云:"吾文如万斛泉源,不择地而出,在平地滔滔汩汩,虽一日千里无难,及其与山石曲折,随物赋形而不可知也。"①因情发不可止而成文,则文必感人,若大画家胸有怒气、闲气、逸气、静气、喜气②,挥笔直宣,其意不在画,而在抒其气,气抒而画成,则观者见其气而感之,象忧亦忧,象喜亦喜,主客为一,物我不二,情在其中,意在画外。此为大家之画也。

若徐渭作画,其意不在画,大家也。

若"四王"作画,其意在画,名家也。

若鲁迅之作文,意不在文,大家也。

若钱锺书之作文,意在于文,名家也。

若韩愈作《进学解》,其意在鸣不平,大家也。

若李华作《吊古战场文》,其意在文,名家也。

若老残(刘鹗)云:"棋局已残,吾人将老,欲不哭泣也得乎?"其哭泣而成文,故有《老残游记》,非为文而作也,其自序云:"《离骚》为屈大夫之哭泣,《庄子》为蒙叟之哭泣,《史记》

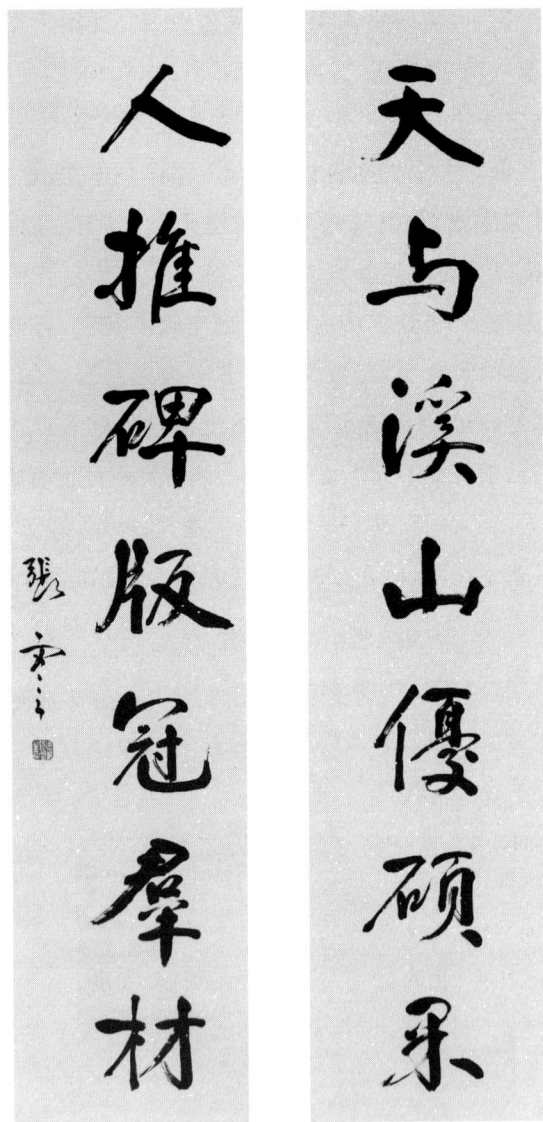

天与溪山优硕采

人推碑版冠群材

对联　张謇书法

为太史公之哭泣,《草堂诗集》为杜工部之哭泣,李后主以词哭,八大山人以画哭,王实甫寄哭泣于《西厢》,曹雪芹寄哭泣于《红楼梦》。王之言曰:'别恨离愁,满肺腑难陶泄。除纸笔代喉舌,我千种想思向谁说?'曹之言曰:'满纸荒唐言,一把辛酸泪,都云作者痴,谁解其中意?'……吾人生今之时,有身世之感情,有家国之感情,有社会之感情,有种教之感情。其感情愈深者,其哭泣愈痛;此鸿都百炼生所以有《老残游记》之作也。"

斯言得之,此所以为大家之文也。

若蔡东藩为编造故事而作文,林纾为卖钱而作画,皆名家也。

王国维云:"尼采谓:'一切文学,余爱以血书者。'后主之词,真所谓以血书者也。宋道君皇帝《燕山亭》词亦各似之……"③一切文学,皆以墨水书者,所谓以血书者,皆心境情志之物也。

大家者,重在训练心胸,坦荡心胸;名家者,重在训练技巧,表现技巧。斯其异也。然则大家亦必有大家之技巧。夫至道无言,然非言何以范世?言者,技巧也。陶渊明有逸气,李太白有狂气,然而不能画,无画之技巧也;然而能诗者,有诗之技巧也。

王力论诗之技巧,国中第一;董其昌论画之技巧,无人能过。然而其诗其画不感人者,胸中之"志"与"气",不过人也。此可以为名家,不可为大家也。然董其昌又为理论之大家,若理论大家,须能立高观深,立远观远,综览全局,兼顾前后,见精识深,又能望芥子而知须弥,纳须弥于芥子,出其言则能启人深思,举其一而反其三。

若理论名家,则能沉潜于一事一案,深入之,劈见之,来龙去脉,俱知之,毫发不遗,亦足惊人。然则理论大家亦必具名家之功也。

要之,名家有技巧,大家有气度。名家有学,大家有才。名家有知,大家有识。而名家之"有",大家必有之。

注释:

①苏轼《文说》。

②明李日华《六研斋二笔》引元僧觉隐语:"吾尝以喜气写兰,以怒气写竹。盖谓叶势飘举,花蕊吐舒,得喜之神;竹枝纵横,如矛刀错出,有饰怒之象耳。"(又见《六砚斋笔记》卷三)

③王国维《人间词话》。

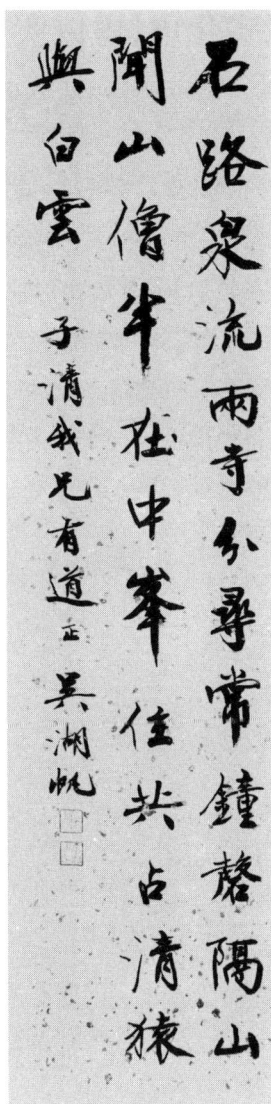

君路泉流兩寺分尋常鐘磬隔山
聞山僧半在中峰佳氣占清猿
與白雲

子清我兄有道正 吴湖帆□□

吴湖帆书法

以实化虚,虚以实见

作画,能将实处化虚,虚以实见者,乃见功力。

诗词亦然。飞花,实也;梦,虚也;丝雨,实也;愁,虚也。秦观词云:"自在飞花轻似梦,无边丝雨细如愁。"① 乃以实化虚也,故格高境逸。"飞红万点愁如海"②,亦然。

"试问闲愁都几许,一川烟草,满城风絮,梅子黄时雨。"③ "离恨恰如春草,更行更远更生。"④ "问君能有几多愁,恰似一江春水向东流。"⑤ 皆虚以实见也。是知诗词高手与书画高手,至其妙处,并无异也。

注释:

①秦观《浣溪沙》。

②秦观《千秋岁、谪处州日作》。

③贺铸《青玉案》。

④李煜《清平乐》。

⑤李煜《虞美人》。

卷　二

写诗宜化见为识，写史须以识取见

写诗宜化见为识，写史须以识取见。

写诗如不化见为识，则记叙文之弗若也；写史如不以识取见，则流水账簿也。

"山雨欲来风满楼。""柳暗花明又一村。"皆非见，乃识也。

《史记》记陈平宰社肉，掌秤分割颇公，父老赞曰："善，陈孺子之为宰。"陈平曰："使平得宰天下，亦如此肉矣。"又记李斯见厕鼠，乃叹曰："人之贤不肖譬如鼠矣，在所自处耳。"皆以识取见也。

《史记》载秦始皇出游，刘邦见而太息曰"大丈夫当如此也"，项羽见曰"彼可取而代也"。一机深，一狂肆，天下之得失于此定矣，此亦太史公以识取见之例也。

情感和感情

余读古今佳小说,不外乎二种:或因情而生感;或因感而生情。诗词亦然:

> 黄蜂频扑秋千索,
> 有当时纤手香凝。[①]

此因情而生感也。

> 菡萏香销翠叶残,
> 西风愁起绿波间。[②]

此因感而生情也。

《牡丹亭·惊梦》云:"古之女子,因春感情,遇秋成恨。"亦如是也[③]。

余戏曰:才子见少女之貌美,感而生情;少女见才子之才高,感而生情。此之谓感情,由感而生情也。

情人眼里出西施,由有情而感其美,是谓:情感。

注释:

①宋吴文英《风入松》。

②南唐李璟《浣溪沙》。

③见《中国十大古典悲喜剧集》,第 458 页,上海文艺出版社 1989 年版。

西厢记　清　临汾

"八面受敌"

　　欲读之书,欲为之事,无穷尽也。人生有涯,学也无涯。若盲目读书,无的做事,或至死为书所困,何能突出?故不可凡书皆读,凡事皆做。有所不为,方能有所为。

　　东坡云:"他日学成,八面受敌,与涉猎者不可同日而语也。"①"八面受敌",切不可八面出击。盖八面围困之敌必百倍于己,人之精力有限,八面出击必为敌所灭,尤不能突出。须集中兵力,于一角一隙冲破,突出则生,不出则死。读书亦然。无穷之书,如八面受敌,若一一攻之,即泛泛涉猎,亦至死不能毕,何能突出?《老子》云:"少则得,多则惑。"须每次作一意求之。"人""专"则"传","广""发"则"废"。"人""多"则"侈","侈"者,浪费也。《韩非子·解老》云:"多费之谓侈。"物侈尚可得,人侈不可再。学者不可不知。

　　王安石《上皇帝万言书》云:"人之才,成于专而毁于杂。"

注释:

　　①苏轼《又答王庠书》。王庠,苏辙之婿,故东坡肯以真经传之。

瑕与坚

攻坚则瑕者坚，

攻瑕则坚者瑕。

吾读《管子》，特爱此语。

余亦曰：

扬恶则善者恶，

扬善则恶者善。

就本体论之，则坚者坚，瑕者瑕，善者善，恶者恶。不因攻、扬而变之。然一经攻、扬，则主体、载体、客体俱变之。是亦可畏也。

大则难容

孔子困于陈蔡时，语子贡曰："吾道非耶？吾何为于此？"子贡曰："夫子之道至大也，故天下莫能容夫子。"①

陈按：物小则所置之处皆可容，大则难容。人亦然。小人，人能容之；大人，人不能容之。有德之人、功高之将、饱学之士，多招怨诽，乃至毁名杀身而无所匿。故天下小人泛滥，君子稀稀。盖君子者，大人也，大则难容。是以常落拓奔颠，斯人憔悴。小人惟其小，随处可安。小草易生，高树易折，是以知劣者之生命力盛于优者。自然、人世无不然。

注释：

①《史记·孔子世家》。

吴、浙、蜀之地与人

　　吴地以苏州为重,重文轻武,故状元之多居全国之首。绍兴次之,蜀地又次之。然大才华之士,吴不如绍兴,绍兴不及蜀。

　　韩愈《城南联句》有云:"蜀雄李杜拔。"李白长于蜀,游于蜀。杜甫入蜀而后成诗圣[1]。三苏皆蜀人。黄庭坚入蜀而后诗变,《苕溪渔隐丛话》云:"余读《豫章先生传赞》云:'山谷自黔州[2]以后,句法尤高,笔势放纵,实天下之奇作。自宋兴以来,一人而已矣。'"陆游乃绍兴人,入蜀后,"细雨骑驴入剑门",而后方气势磅大。孙位入蜀而为一代画圣。边鸾、刁光胤入蜀而开花鸟画科。王诜入蜀而画变,"文彩风流磨不尽,水墨自与诗争妍","郑虔三绝君有二,笔势挽回三百年"[3]。郭沫若蜀人,张大千蜀人,傅抱石入蜀而画雄……皆天下士矣,盖蜀地江山之助也。

　　绍兴山水之佳,故强于吴,然比之蜀地雄奇秀旷又甚微,地灵人杰,信不虚也。若状元之流,寻章摘句之徒耳,吴地宜之。

注释:

　　①蜀成都有杜甫祠,然无李白祠,其可怪哉!

　　②黔州:四川彭水黔江等地。

　　③苏轼跋王诜《烟江叠嶂图》语。图藏上海博物馆。

幽泉远山　陈传席

云气接昆仑　陈传席

文入蜀则雄，武入蜀则弱

文入蜀则雄，武入蜀则弱，自古而然。盖蜀地天下秀之景，熔人志气，消人猛气，弱人勇武，使民乐其生而无杀战之心。不若北方风沙之地、粗旷干枯之景，多出剽悍之民，悲歌慷慨之士，好斗轻死之心，愈战愈勇。

从来国家战乱，多以北胜南，无闻以南胜北也，尤无能以蜀而统天下者。战国之乱，北方秦一统之；汉乱，北方魏最强；三国乱，北方晋一统之；晋乱至南北朝，北方隋一统之；隋乱，北方太原唐一统之；唐乱至五代十国，北方赵氏一统之而建宋。北宋败于北方金，南宋亡于北方元。元乱，刘福通北上而亡，朱元璋南战而胜。明乱，北方满清入关南下，势若破竹。皆以北胜南也。

刘璋守蜀而暗弱，刘备南下入蜀而猛，北上攻吴而亡。诸葛亮六出祁山而不成，姜维九伐中原而败。刘禅之父自北而起，身无长物而夺蜀，刘禅守天府之国而终为虏。王衍守蜀，固有天险，后唐兵到即亡。孟昶守蜀，北宋兵到即亡。非天不时、地不利，乃武入蜀而弱也。

古今治军者，凡屯兵于蜀，吾知其必败也。

月夜　陈传席

真隐者和使气者文必异

真隐士作画作书必清高淡逸，倪云林、渐江是也。

好酒使气者书画必狂放磅礴，不可一世，吴道子、徐渭是也。作诗文亦然。

真隐者如陶渊明，诗文皆清高淡逸。

好酒使气者如李太白，诗文皆狂放磅礴。

亦有真隐而好酒者，如陶渊明也。真隐者心如死灰，酒不足以扰其心，故虽好酒不足以使气也。李太白未尝一日真隐也。

隐逸图　陈传席

然真使气而不好酒者，鲜也。盖人长久于世必伪诈，使气者性皆真，"醉之以酒而观其侧"[1]。借酒之力，去其伪诈，而存其真，是以故。

注释：

①《庄子·列御寇》。

知　己

张潮《幽梦影》有云：

> 天下有一人知己，可以不恨。不独人也，物亦有之。如菊之以渊明为知己，梅以和靖为知己……一与之订，千秋不移。若松之于秦始，鹤之于卫懿，正所谓不可与作缘者也。

查士标亦云：

> 此非松、鹤有求于秦始、卫懿，不幸为其所近，欲避之而不能耳。

余曰：块然处之，宠辱不惊，达不离道，穷不失义。此士之行也。

梅妻鹤子　陈传席

上升与下降

物之上升须外力，升之愈高，外力愈须大。外力者，一提携，一支持也。

人亦然。

人之高升亦须外力。古今腾达者，外力(后台)愈大升之愈高。

"朝中有人好做官"，此提携也。

"一个篱笆三个桩，一个好汉三个帮"，此支持也。

李广，飞将军也，胡人闻之而丧胆，然终生不得封侯。高俅，无赖子也，得徽宗提携而官至太尉[①]。

曹植曰："龙欲升天须浮云，人之仕进待中人。"[②]

傅玄云："鸿毛一羽，在水而没者，无势也。黄金万钧，在舟而浮者，托舟之势也。"[③]

注释：

①高俅原为无赖子，然聪明，苏轼收为书僮，因其喜踢毯，故赐名俅。东坡被流放海南前，送与王诜，王诜与徽宗友善，徽宗喜毯，王诜将高俅送与徽宗，后官至太尉。高俅害国害民，残害忠良无数，然唯不害苏家，苏轼名列"党人碑"，文集本当销毁，得高俅暗中保护，故未遭毁，苏轼诗文流传之多，高俅之功也。

②曹植《当墙欲高行》。

③见《全晋文》。

格　律

　　吾国文化之特者,诗词、戏剧、国画至其最高阶段,皆成格律。格律者,至高至美之形式也。可守之,不可越之。越之,则坏其美也;故为打油,油腔滑调,恶墨匠体。

　　又:凡事皆有极限,文亦然。故诗至唐而有格律,后人无可过者;词至宋,后无可过者;曲至元,后无可过者;小说至明清,后无可过者。今之文,前人不可及者,电影、电视也。欲传名姓者当努力于此。

难得则易毁

蠢才如废石,易得而难毁,颐指气使,驱之或不去,斥之唯诺诺,不需贵之也。《诚斋易传》有云:"小人乐祸于已穷之后,包羞忍耻,以苟富贵,而不忍去⋯⋯"

贤才如美玉,难得而易毁,须善加保护。一语之不敬,一礼之不至,或可导之拂袖而去,奋然出离,甚乃资之敌国,成"为渊驱鱼"之故事。

然古来治人者,"千金买歌笑,糟糠养贤才"①,何颠倒至此矣?此吾国之所不兴也。

然则诸侯逐鹿、力政争权时则不然。人主得贤才则强,失贤才则亡,其时不敢不惜贤也。一旦得政天下,则视贤才如草芥,爱逢迎之徒如掌珠。又何奈也!

注释:

①此谚自李白《古风》十五中"珠玉买歌笑,糟糠养贤才"中改出。

翻译大家不通外语

古之翻译大家莫过于谢灵运，今之翻译大家莫过于林纾，今人更尊林纾为"近代翻译家之祖"。然谢、林皆不通外语（foreign language）。

若唐之陈玄奘，近代之严复，皆精通外语，然译名不及谢、林。

余久欲倒谢尊陈，倒林推严，惜力不逮。非力不逮也，实陈、严不及谢、林之早也。然谢、林之世，通外语者，比比皆是，反不足名家，实费人深思。

刘禹锡云："勿谓翻译徒，不为文雅雄。"[①] 唐人即谓翻译之徒，不入文雅。林纾每以人称其"译才"为耻。是知古今文士轻贱翻译之徒，并无二致，殊不可解。

注释：

①《刘梦得文集》卷七《送僧方及南谒柳员外》。

语以半文半白者佳

文言太浓，

白话太淡，

语以半文半白者佳。

禅云："此岸不住，彼岸不留，道在中流。"此亦中庸之道也。

钱锺书《管锥编》半文半白而近于文；《辞海》半文半白而近于白。吾人则取其中而用之，语欲简雅，意欲明易，鲜用偏典，不著佶屈聱牙之字，务使览者一读而明焉，此最难。

补：

文言似醇，

白话似水，

半文半白语似茶，

各得其利。

汉代已有男女接吻先例

　　吾国以古人为题材之小说、戏剧、电影、电视之类,状男女相爱者,绝无接吻之例,以为不合史实。盖作者以为接吻(Kiss)为洋人故事,非吾国所固有者也。然《西厢记》已有"檀口搵(吻也)香腮"之说,言张生吻莺莺也。《红楼梦》中亦有"亲嘴儿"之记。近数年,余遍游全国各地,察出土之汉代雕塑图画中,男女拥抱接吻之像,屡见不鲜①。故宫博物院亦有陈列,石雕男女拥抱接吻与今之男女相吻完全无异。四川彭山县汉墓出土石雕竟有一对男女裸体拥抱接吻②,其男搂女,其女偎男,面唇相亲紧贴,亦与今人之男女亲吻无异。是知汉代早有男女接吻先例。奈写作家不知,不敢写入故事之中,致使再现古之男女相恋、忸怩之态,不得尽致也。

注释:

　　①台湾《皇冠》杂志所刊山东莒县龙王库乡汉墓中出土之男女接吻图,仅属一例。余见数十例真迹,其男女亲吻之雕塑更加典型。

　　②见《文物》1987年1期第63页。同期《文物》第60页图一六有接吻男女石雕之图片。

人无疵，不可与交

张宗子云："人无疵，不可与交，以其无真气也。"

疵者，毛病也，缺点也。人有其短，必有所长。性情急躁者，则办事速；好发火者，多能主正义；好吹嘘者，多为热情之士；脾气犟而大者，则性情真，惟其性情真，才敢于发脾气，此真气也。天下事，皆有真气者一怒而成也。

古训云："性自有常，故任性人终不失性。"

人有真气，方有真情、真意，方可为真友。若虚伪之"友"，多一不如少一。

或受辱，或见不平之事，皆无动于衷，无怒也无怨，更无能拍案而起，拔刀相助，或指摘于市朝者，若非忍辱负重之人，必无耻伪诈低下无情之徒，其见利必忘义。盖此辈者无真气也。无真气，不能鼓动于中，故能圆滑温顺，顺人之意而为己意，圆滑温顺，故无疵；然亦不可与交，交则无真情，无真意。有利则聚，无利则散，他日必能害友。

南京不可为都论

今之南京，古之楚地，乃因山立号，置金陵邑。或云地接华阳金坛之陵，故号金陵。《续博物志》卷四云："《真诰》：'金陵，古名之为伏龙之地。句曲山，秦时为句金之坛，以积金山得名。山生黄金，汉灵帝诏采句曲之金以充武库。孙权遣宿卫人采金，屯伏龙之地，因改名金陵。'"不知孰说为是。楚亡以后十三年，乃秦三十六年，始皇东巡，自江乘渡，望气者云："五百年后，金陵有天子气。"因凿钟阜，断金陵长陇以通流，至今呼为秦淮。乃改金陵邑为秣陵县①。三国诸葛亮使吴，经秣陵，登石头山（今南京师范大学后之清凉山也），观山川之势，叹曰："钟山龙盘，石头虎踞，真乃帝王之宅也。"孙权谋士张纮谏曰："秣陵，王者之气，宜为都。"孙权十六年自京口徙治秣陵，改名建业，取建千古之业意也；号城曰"石头"。南京为都自此始。吴、东晋、宋、齐、梁、陈、南唐、明、南明、太平天国等十一朝也。惜国运皆不长，势皆不振耳。其主或则肉袒出降，或则被迫禅让，或则被掳为囚，或则自杀身亡，或则仓皇弃逃。惟明迁都北京运方延，然建文失位身亡，亦在于斯。

南宋高宗未都杭州之先，有暂都金陵之意，一术者云：建康山虽有余，水则不足，并献诗曰："昔年曾记谒金陵，六代如何得久兴。秀气尽随流水去，空留烟岫锁峻嶒。"于是乃罢②。

清郑板桥诗云："一国亡来一国亡，六朝兴废太匆忙。南人爱说长江水，此水从来不得长。"③是亦知王气尽矣。

屈大均《秣陵》诗云："……如何亡国恨，尽在大江东？"其沉痛尤甚也④。

吾尝攻读于六朝遗都，攀登于黄山绝顶。北览万里冰雪，西观大漠风沙，东闻吴侬软语，南见海岛狂涛。长而越洋，俯察北美，巡视东瀛，尽天下之大观以壮吾气。可怜时运不济，命途多舛，蓬莱回首，旧梦飞烟。君子安贫，达人知命，乃归而隐居于此。自书联曰：

> 一城黛色六朝水，
> 半席玄言两晋风⑤。

更取"了闲"之意，名吾斋曰：了闲。

然若欲兴王霸之业者，不可久恋于此。

注释：

①唐许嵩：《建康实录》卷一。

②元刘一清：《钱塘遗事》卷一。

③见《郑板桥全集》"六朝"诗。

④见《清诗三百首》"五言律"部分，第229页。

⑤其时余正研究魏晋风度及玄学。

重修荆浩墓记

荆浩字浩然，河南沁水（今济源市）人。少时业儒，博通经史，善属文。然生当唐末乱世，乃抱节自屈，退藏不仕，隐于太行山之洪谷，自号洪谷子。自是，则专力于山水画之研究创作，始终为进。尝遍赏太行山古松，写生凡数万本。又悟古人之作画，谓吴道子有笔而无墨，项容有墨而无笔，于是乃采二子之所长，成一家之体。

山水画古已有之，然历代画家，摸索其法，而皆笔墨不全，至荆浩方乃大成。世论其山水乃唐末之冠，其画山水有笔有墨。尔后，凡作山水者，无不以之为宗师。五代宋世，长安之关全，齐鲁之李成，关陕之范宽，史家谓之：三家山水，百代标程；又云：照耀古今，为百代师法。然三家皆传荆浩之法。荆浩乃上接晋唐、下开五代宋世及其后千余年之新面，实为千古大宗师也。

又，荆浩之前，绘事以人物为主；荆浩之后，山水居首，千年不变，其功之高，古今无过其右。荆浩又撰《笔法记》一卷，所论作山水画者，非惟得形似，必在于图真。又立"六要"曰：气、韵、思、景、笔、墨。开启后人，遂成法则。又论神、妙、奇、巧四品，筋、肉、骨、气四势。以为画家之戒，至今流传不衰。荆浩遗作，宋人论为"神品"，至今尚存《匡庐图》，珍藏于台北故宫博物院。举世仰目，辉耀千载。

夫画之为德也大矣。有人世以来，代不乏贤，而荆浩独创笔墨为百世法，昭昭之明、赫赫之功，人类不绝，其功不没。人杰地灵，实济源之无尚荣耀。浩卒于五代梁世，即葬于沁水之谷堆头，其冢本屹然特立，杂树环耸，的尔殊形，惜坏于"动乱"之年；垄前旧有石碑、供桌，早经毁弃，幸遗基尚存。今政府提倡民族文化、弘扬传统艺术，倍思前贤之功。故拨款重修其墓，以彰世人，以励来者，并勒石以记。

附记：

此文应济源市政府所请而撰，碑树于大行山荆浩墓前。文末加刻：

撰文： 全 国 著 名 学 者　　陈传席
南京师范学院教授

按：

碑文用繁体字刻成，"南京师范学院"应为"南京师范大学"，又文中"范宽"误刻为"範宽"，"独创"误刻为"触创"。览者察之。

古今人物之名，当同之大不
足主他而做的更大乃主他而
倚乃乎来因求功

相仁仲
右任

于右任书法

卷　三

神于好、精于勤、成于悟

凡一艺之成者,必过三历程,始则神于好,中则精于勤,终则成于悟。

好之者,自其性分中有之,非他人强加之也。齐白石、黄宾虹、傅抱石、潘天寿辈,父祖兄弟皆不好画,周遭之人亦不好画,其人独好之,非神欤?若好而不勤,则技不精,术不佳,于成亦无望也。悟者虽根于性,然非历好之,勤之,学而时习之,探索之,研究之,"众里寻她千百度",不可得也。能悟其道而知其理者,则一超而入如来境也。

好之者众,勤之者亦人人能之,惟能悟之者鲜。故成大家者亦鲜。

深处见学,浅处见才(上)

深处见学,浅处见才。为人、为文、为艺皆然。

文之深处,须引经据典,古往今来,天上人间,一一标出之,道明之,理论之,所谓究天人之际,通古今之变。今之作文者,更须通外文,知域外万国之学,然后方可着笔,故无学不可见其深。

有才者,一语见其才,道人所不能道,言简意明,引人深思;若言深文繁,则掩其才,故须于浅处见之。浅者,显也,简也,近也,明也。

深者如收宝藏之库,取之不尽;浅者如莫邪之刃,触处能开。

凡为文,语言浅显,明白易懂,方见才高,方可传其学;若以深奥出,则匿其才,读者心力用于解词破句,则不见其学,实则其文必陋。故深入浅出,最是高才真学。

深处见学,浅处见才(下)

学术论文须深而见学,诗文词赋须浅而见才。然论文能于学深处见才尤不易,诗文能于才高处见学尤难。

艺术如之。如绘画,宏篇巨制见学,内见古今经典,搜尽奇峰,上天下地,立意定景,应物象形,随类赋彩,处处见其学,有学处复能见其才者,则大家也。简易小品,寥寥数笔,含不尽之意,显于浅处,最见其才,故画愈简愈难,非高人雅士饱学之儒不可为,若无学之匠,俗工之下技,不可措手其间也。

高逸与雄强

　　高逸一派画,以简洁清淡见贵,如倪云林、普荷然;雄强一派画,以繁密浑厚者易佳,如范宽、郭熙然;今人李可染亦然;南人作画,当求高逸;北人作画,宜求雄强;然不可一律而论也。

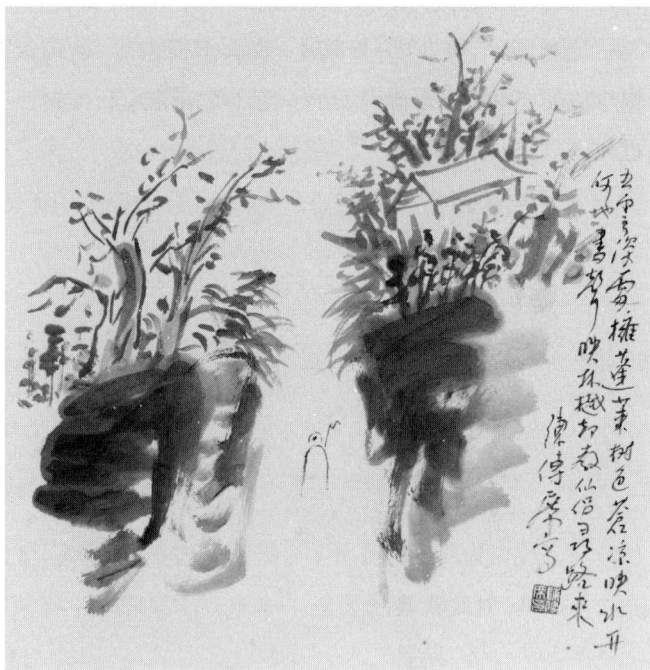

树色苍凉映水开　陈传席

中锋与八面锋

今人论作画，有专主中锋，且谓非全用中锋者，不足成大家。

余曰：此胶柱鼓瑟也。且宋元以降，大家作画，专用中锋者鲜。关仝、范宽之画，为众所周知。皆中侧锋并用。元之倪云林为文人画之顶，其画山石，笔笔侧锋。浙派、武林派作画，几不用中锋。"四僧"、"八怪"、徐渭、龚贤、"金陵八家"、"新安四家"，凡大家作画，情之所见，八面锋齐至。沈石田云："八面锋一齐都来，尚了不得，如何说中锋？"[①] 今人傅抱石、陈子庄、潘天寿、李可染作画用笔，皆不为中锋所囿。林风眠用笔则无锋可究，皆一代大家也。齐白石亦云："凡苦言中锋使笔者，实无才气之流也。"[②]

然余非恶中锋也。余自作书画亦喜用中锋。余恶专主中锋不可一笔出中锋之论者也。

注释：

①"中锋、侧锋、藏锋、露锋、实锋、虚锋、全锋、半锋，似乎锋有八矣。"见《刘熙载集·艺慨·书概》，第178页，华东师范大学出版社1993年版。

②白石语，见《齐白石画法与欣赏》，第102页，胡佩衡、胡橐编著，人民美术出版社1992年版。

山村翠峦图　陈传席

清空与质实

文人作画如词家之写词，贵在清空，不在质实。张炎曰："清空则古雅峭拔，质实则凝涩晦昧。"① 然则一种用笔，何以至清空？何以至质实？余曰：以力用笔，易质实；以

深山古刹　陈传席

意用笔，多清空。若力、意并用，则质实、清空俱得，然仅得其半，且不偏于意则偏于力，不若得一意以灵也。

或曰：何为用力，何为用意？

答曰：此可神游意会，不可驻思而得也。

然意会者得吾此言，则由无意变有意，由懵懂变自觉也。

注释：

①张炎《词源·清空》。

老、嫩、厚、薄

今人论书画，以"老"为佳，以"嫩"为病。宋人亦然。刘道醇"六要"云"格制俱老"。然明清正统画派皆以"嫩"为尚，以"老"为病。董其昌等华亭诸家、"四王"、南田之徒作书画，皆务求其"嫩"。《桐荫画诀》云："吴梅村画，较之六大家笔法似未到家，然一种嫩逸之致，真能释躁平矜，高出诸家之上。"梅村画因其"嫩"而高出诸家之上，是知其时尚"嫩"之风何盛也。又斥"老"云："世人作画，但求苍老，自谓功夫已到，岂知画至苍老，便无机趣矣。……须知：但求苍老者，终在门外也。"又责怪"本朝各家"，"于嫩之一字，均未领会"。作画之始，"宜求苍老"，"成功以后，如务为苍老，不失之板秃，即失之霸悍，有何生趣哉？如烟客、耕烟两大家，虽各极其妙，而烟客尤神韵天然，脱尽作家习气者，其妙处正在嫩也。……吾故曰：烟客之嫩，正烟客之不可及也。石谷之老，正石谷之犹未至也"。

明清诸大家争以"嫩"为的，王原祁力主"化浑厚为潇洒，变刚劲为柔和"，亦欲求其嫩也。至近代吴昌硕、黄宾虹又力主笔墨苍老，其画一扫明清柔媚之气，重振画坛雄风，一开新面。又非嫩者可至也。

余论曰：画之老、嫩，各见面目，各宜其宜，周公、甘罗，谁见高下。然老不可枯索粗野，嫩不可纤弱浅薄，识者不可不察也。

又有云：作画宜厚不宜薄。

以常论之，故宜厚不宜薄。然不可绝对论之。作画如作诗。袁子才云："今人论诗，动言贵厚而贱薄，此亦耳食之言。不知宜厚宜薄，惟以妙为主。以两物论：狐貉贵厚，鲛绡贵薄。以一物论；刀背贵厚，刀锋贵薄。安见厚者定贵？薄者定贱邪？"[1]斯言得之。

注释：

[1]《随园诗话》卷四。

简与繁

齐白石小品极简，其美甚矣。

黄宾虹山水极繁，其美甚矣。

刘禹锡《陋室铭》、王安石《孟尝君论》，皆寥寥数语，千古不衰。《红楼梦》百余万言，风靡宇内。

恽南田曰："如于越之六千君子，田横之五百壮士，东汉之顾厨俊及，岂厌其多。如披裘公，人不知其姓名，夷叔独行西山，维摩诘卧毗耶，惟设一榻，岂厌其少。双凫、乘雁之集河滨，不可以繁简论也。"①

方薰云："李（成）、范（宽）笔墨稠秘，王（洽）、米（芾）笔墨疏落，各极其趣，不以多寡论也。画法之妙，人各意会而造境，故无定法。"②

注释：

①《南田画跋》。

②《山静居画论》。

"远有楼台只见灯"

荆公诗云："远有楼台只见灯。"

余曰："此盖为艺文作者道也。"见灯而知有楼台，则何须历历具足、外露巧密乃至谨毛而失貌。此其一也。见灯而知乃楼台之地，则楼台之盛、之雅、之无限，尽可以想像；若全见楼台之形，则有限之形，不容想像也。大雾行船，方可思空中仙子来亲；若晴空万里，一目了然，则无可思。此其二也。见灯实则见光。光者，无常形，意到便成。若画楼台，界尺巧历，不胜其烦，尚使览者不顾，是知写意胜于写形。此其三也。西洋画抽象，全无形象，吾国画抽象，抽其楼仍见其灯，是不可全抽象也。此中、西之别也。

鸣啾图　陈传席

书　鉴

怀素《自叙帖》前后不一，始则潇洒飘逸，从容不迫；继之则龙腾蛇走，刀光剑影；再而如石破天惊，雷鸣电闪。其字愈写愈大，至其不可收拾之时，则又戛然而止，如电断光息。

凡书，情缓则缓，情急则急，情狂则狂，醉素尤然。其帖因情而书，情愈激愈狂，愈狂书愈激，故愈至后字愈大愈猛。《自叙帖》首不如尾。然则孙过庭《书谱》尾不如首。此狂者与学者书法之别也。盖学者书出于理性，久书则力疲，每况愈下；狂者书则愈书愈狂，愈狂愈妙。

跋《书谱》

孙过庭以有心硬笔作书谱，不类常流。初见之，有支离破碎之感，久视之，若天女散花，七宝铺地；似抛璧落玉，浮光跃金。观其意在潆养万里外，天机开合，自我而入，心之变化，托于书者，自言："情动形言，取会风骚之意；阳舒阴惨，本乎天地之心。"亦自道也。

书画用笔不可太实

书画用笔不可太实，太实则如其人，其易病者六：其一内涵不足，笔下少物；其二形呆体不灵；其三意不足；其四神不清；其五气不逸；其六质不扬。然则如何去太实之病？曰：惟以意会之，以意为之。

或曰："笔实无碍于雄壮强猛之状也。"余曰："是则是矣，然终乏于潇洒之姿也。前者，勇士也；后者，雅士也。所好者不同，则所取者异也。"

其实诗文亦然，语太实则一览无余，无回思之地，无再品之味。

邓石如书

邓石如五言 草书

世皆知邓石如善隶书。余观其隶书，虽浑朴雍容，然无出汉人之藩篱。邓不以篆书名世，然余观其篆书，上紧下松，上密下疏，泠泠然若列御寇乘风自空中立矣，飘飘然欲仙，秦人无此格也。

邓之行楷草书皆不足观，盖因其读书少，无书卷气耳。

汉代书法改革成败之鉴

凡事，改革太急太过，便会"胡来"。世事、政体、诗文、书画，皆然。过犹不及。

书法至汉，改革已甚，有成者，有败者。

由篆而隶，变已甚矣。篆书笔画圆而匀，故刻印者用之，谓之篆刻，无闻隶刻者也。盖隶有方圆粗细波折之变，不易奏刀。然其书甚美矣。

吾国文字，以象形为基。篆书之水，或作"≈"或作"∬"，犹有水波状。隶书之"水"，则无水之状也。篆书之"照""热""焦"等，其下为"火"，犹是"火"之状，隶书下则变为"灬"，而无火之状也。然而后世继之，书之颇便也。此变之甚且又成者。

然再变者，又作"鸟书"、"虫书"、"飞白书"，其时皆为高雅先进者，而今乃流为村头街巷卖艺者之俗趣也。此变之太过而败之者也。今之书法改革者察之鉴之，勿为过激耳。

藏与露

妓至,程明道相背而不视,程伊川直对而视之。初闻之,人皆褒明道之正经,而以伊川好色为不齿。其后又有论:背妓而坐者,目中无妓,而心中有妓;对妓而坐者,目中有妓,而心中无妓。背者藏也,对者露也。藏者在于内,虽不露于外而内在丰富。露者在于外,外在简显而内无物。藏者持重,露者失态。然藏之过深,压抑太重,则损精神;露之过分,放纵无羁,则成轻薄。

书法用笔同之。然今人多知藏锋不露,不知藏之过深,亦病也。盖压抑太过,则损精神也。白石论用笔曰:"不欲多露锋芒,露则意不持重;不欲深藏圭角,藏则体不精神。"[1] 真至语也。

董其昌云"画欲暗不欲明"[2] 亦此意。"暗"者,藏也,非黑暗也;"明"者,露也,陋者释为明亮,谬也。董又云:"作书最要泯没棱痕,不使笔笔在纸素,成板刻样。"[3] 故后之师董者,用笔一味求暗,深忌"棱痕",藏之过深,乃成馆阁体之媚软,既不持重又无精神。学者若识白石之语,则何至有此弊也。

注释:

①宋姜夔(号白石)《续书谱·用笔》。

②③明董其昌(字玄宰)《画禅室随笔》。

韵·法·意·态

玄宰论书曰:"晋书尚韵,唐书尚法,宋书尚意。"今人又增曰:"明书尚态。"

案:"尚法"之"法",乃《荀子·劝学》"《礼》《乐》法而不说"之"法"。法者,严肃也,正规也,模范也。《荀子简释》有云:《礼》《乐》有一定之声容而未尝说明其理,故曰:"法而不说。"亦有严肃正规模范之意。今人多误解为方法之法,真陋也。且韵者,原指人之神韵;意者,原指人之意态,故法亦指人之"声容"严肃、正规,不苟邪乱也。若释为方法之法,则与韵、意亦不合也。又《易·系辞上》云:"制而用之谓之法。"孔颖达疏:"言圣人裁制其物而施用之,垂为模范。"亦通。要之,非方法之法也。

韵由神魄中来,法由骨体中来,意乃神魄之表者,态乃骨体之表者。故曰:"学书不学晋书,终成下品。"良有以也。

王世贞论变不足为据

明七子之一王世贞著《艺苑卮言》,其论历代绘画之变,为中外学者所尚,视之为经。凡著画史者,无不引以为据,称为历代蓍龟衡镜也。然吾观其论,乃小儿语也,极陋且俗,错谬颠倒,几无取的。且录之:

> 人物自顾、陆、展、郑以至僧繇、道玄一变也。山水大小李一变也;荆、关、董、巨又一变也;李成、范宽又一变也;刘、李、马、夏又一变也;大痴、黄鹤又一变也;赵子昂近宋人,人物为胜;沈启南近元人,山水为尤。

展子虔、郑法士皆隋人,张僧繇乃南朝梁人,"顾、陆、展、郑以至僧繇",是时代先后尚不能分,何足言变乎?且郑师法僧繇,展以山水闻名,其语全是不知画史者言,吾读之如闻巫婆念咒化斋,速极掩耳急去。而今之学者皆以为法音,真可叹也!

山水,大小李无出展子虔,"展画乃唐画之祖",今之画迹犹可证。是知山水,展子虔一变也,大李继之,无甚变也。荆浩、关仝乃北方山水,雄伟峻厚;董源、巨然乃江南山水,平淡天真,南北异趣,全非一系,当分而论之,不合同论也。李成、范宽出于荆、关,冰寒于水而已。惟南宋李唐、马、夏一变甚著,然王论刘、李、马、夏,又谬也,李唐开南宋画风,刘(松年)继之,马远、夏圭又继之,刘晚于李数世,居然居李之前,真令人笑倒。此元人读《大明律》之故事也。大痴（黄公望）出于赵子昂,自云:"松雪斋中小学生。"黄鹤（王蒙）,子昂外孙也,亦出于赵子昂,元画山水,赵子昂一变也,元画无不出其下。大痴、黄鹤、吴镇、倪瓒为"元四家",倪瓒真可谓一变也。赵子昂人物近于唐而不近于宋,赵自云:"余刻意学唐人,殆欲尽去宋人笔墨。"览其画迹,谓为信然。子昂山水、人物、鞍马、花鸟俱擅,而以山水为胜。"人物为胜",又不知根本也。

或曰:"此世贞一时兴到之语,颠谬无考,何须严责?"然而后之论画者,无一不引之以为证,中外大家且不能免。余于此尤百思不得其解也。

子曰:"予岂好辩哉? 予不得已也。"

附论:

王之语出于宋濂《画原》,云:"顾、陆以来是一变也;阎、吴之后又一变也;至于关、李、范三家者出,又一变也。"[1]

注释:

① 《宋学士集·画原》。

洞庭张乐地

董其昌题董源名作句有"洞庭张乐地,潇湘帝子游",故名曰《潇湘图》[①]。中外学者皆以为董其昌诗,实乃六朝时谢朓诗也。全诗云:"洞庭张乐地,潇湘帝子游。云去苍梧野,水还江汉流。停骖我怅望,辍棹子夷犹。广平听方籍,茂陵将见求。心事俱已矣,江上徒离忧。"[②]

首联乃用黄帝张乐于洞庭故事也。黄山谷《题李白诗草后》云:"余评李白诗如黄帝张乐于洞庭之野,无首无尾,不主故常,非墨工椠人所可拟议。"[③]盖用此意。注云:《庄子》"北门成问于黄帝曰:帝张咸池之乐于洞庭之野,吾始闻之惧,复闻之怠。"《山海经》曰:"洞庭之山,帝之二女居之,是常游江渊澧沅,风交潇湘之川。"郭璞曰:"言二女游戏江之渊府,则能鼓动五江,令风波之气共相交通,言其灵鳖也。"《楚辞·湘君》曰:"帝子降兮北渚。"王逸曰:"帝,谓尧也。娥皇、女英,随舜不反,死于湘水,因为湘夫人。"此"潇湘帝子游"之注脚也。余观夫董源斯图,似非"潇湘帝子游"之诗意耳。似乃玄宰附会臆说也。今之史家宜再研究,莫为古人所欺。

注释:

①《潇湘图》乃五代南唐董源名作。现藏北京故宫博物院。

②见《文选》卷二○谢玄晖《新亭渚别范零陵诗》。

③见《后山诗话》。

山水　陈传席

五代——艺术辉煌之顶

论画者必盛称宋。更有谓中国画以宋为中心者。史家必唱宋画传统之调。实则，宋画乃五代画余绪耳。史记宋画三大家关、李、范，标代百程，照耀千古，此记甚谬。关仝乃五代初梁人也；李成历经后梁、后唐、后晋、后汉、后周，亦五代人也；范宽生于五代末，虽卒于宋，实五代上升之惯性也。又四大家之荆、关、董、巨，无一宋人。荆浩，唐末五代初人；关仝，上已述，乃梁人；董源、巨然，南唐人。史家误为宋人者，皆震于宋画之大名而不考之故也。

五代画方为中国画之顶，山水画荆、关、董、巨。宋之后，无可过之者。花鸟画，徐熙、黄筌为大宗师，后世作者，不师于徐，即师于黄，宋之后无可过之者。人物画周文矩、顾闳中、王齐翰，宋之后，无可过之者。宋之画："齐鲁之士，唯摹营丘；关陕之士，唯摹范宽。"[①]黄画乃宋画较艺之标准[②]，皆保守五代法也。

论文者必曰唐诗宋词，实则词至五代已成熟，宋续之而已。五代词坛有二：一曰前后蜀，一曰南唐。蜀词之多不可胜数，集为《花间集》，开百代之先，后世师之者，皆曰："花间派。"南唐一李后主，占尽古今词坛风情。《谭评词辨》谓："后主之词，足当太白诗篇，高奇无匹。"前无古人，后无复继踵。纳兰性德曰："花间之词，如古玉器，贵重而不适用。宋词适用而少质量。李后主兼有其美,兼饶烟水迷离之致。"③五代词,后主一人,后世即无可过之者,矧有李璟、冯延巳辈。词之成,何待以宋也。

或曰:"五代表面上乱,实质上变。"宋文六大家④,蜀居其三,江西其三⑤,皆蜀、南唐之遗地也,岂偶然哉?

注释:

①见宋郭熙《林泉高致集》。

②见宋皇室修《宣和画谱》。

③《渌水亭杂识》。

④唐宋八大家,宋居其六。

⑤参见《五代史略》。南唐两次迁都江西南昌。

写　意

　　西洋传统绘画,精确如真,明暗、光影、解剖、透视、色彩、比例,无一小失。每作一画,必有真实所依,有一画数年乃至十数年者。吾国传统画家非不能此,实不欲如此也。

　　孔子曰:"志于道,据于德,依于仁,游于艺。"①盖艺者,游之而已,又曰:自娱。今人谓之玩。岂有游玩而认真计较者乎?故草草而成,写其意而已。何晏曰:"志,慕也,道不可体,故志而已。据,杖也,德有成形,故可据;依,倚也,仁者功施于人,故可倚。艺,六艺也,不足据、依,故曰游。"又《正义》曰:"六艺……此六者所以饰身耳。劣于道德与仁,故不足依、据,故但曰游。"②朱熹曰:"游者,玩物适情之谓。"③是以文人作画,以之游憩、玩物、适情、养神,以待学道也,故写意画尤重,非惟形之可舍,神亦寓于笔墨之中也。

注释:

　　①见《论语·述而》。

　　②见《十三经注疏》,第2483页,中华书局1980年版。

　　③见《朱注论语》。

题　画

　　余尝画一雄鸡立树枝上，一洋人购之，复索余题。余略思，欣然命笔题曰："桑叶三片待罗敷，雄鸡一只唤刘琨。"斯人喜若狂，连呼："OK。"以为宝。后乃知，彼虽洋人，实为汉学专家也。

与赵凤池先生论书

国人以书法自称于世者，今时特夥，凡识一二文字，偶一弄笔，便自谓书家；乃至专以此道鸣世者，余每见其涂鸦，笔法之不知，书理之不通，惟以墨痕眩人，常哂笑不能已。

赵公凤池以医道终其身，业余无他好，惟留心书道，其无意于炫人，而仅自得其乐耳。夫知之者不如好之者，好之者不如乐之者，先生好之、乐之、勤之，乃真知书者也。虽其名不鸣，而实为书道高手，非以书家自诩者流之可比也，惜世之俗眼不能识先生。

余十年前于皖北见先生书，即惊愕不能已。惜不久，余即考学至金陵，后又赴美，遂不通音息。十年后，余复居金陵，执教于师范大学，赵公忽来书，寄手写条幅二，又论书云：

夫脂粉所以饰容，而盼倩则出于淑姿。书工不足，而求神韵者，犹无淑姿之美而饰脂粉，乃东施效颦，愈妍愈丑也。

执笔写字，犹如善御，良马者通衢广陌，纵横驰逐，惟意所之，愈险愈奇，不致蹉跌，此天下之至工也。

善哉，吾闻其语，尤奇之。因事忙，仅复数语云："十年前见尊书一纸，常在梦中，今又拜阅，惊人书俱老，感炉火纯青。当代书法，林散之后，余独知有公。古法传灯，可以不忧也。"

赵公书展于合肥之日，乃将余书一纸置之厅首。余知之，颇惭惶煞人也。

《一笑图》

　　明宣宗朱瞻基善画。余尝于美国一博物馆见其画,题曰《一笑图》。图中画一犬蹲于竹下,别无他物。然犬与竹皆无笑意,何名之曰"一笑"也?百思不得其解?

　　翻检典籍,亦无解。久之,乃悟:"笑"字者,乃"竹"下"一犬"也。

蜕化

物以蜕而化，不蜕而亡，艺亦然。蝉蛹不蜕而永为蛹，至死止得爬行耳。一旦蜕壳而化为双翼之蝉，则可声鸣于林。画人若略得技法，而守之终生，此不蜕之蛹也。若能舍其旧法，熟后而生，蜕变而化，则其声不堕也。

白石衰翁则善蜕而化，故为一代大宗师。若可染废画三千，前后画貌不一，亦善蜕而化也①。若苦蝉作画，少具才气，然至死未蜕，故落可染一尘。吾每念之，惋惜不已。

注释：

①李可染去世前仍电话告其妹李畹曰："我最近画正在变化。"（见李松《一个关注的焦点》，刊于《江苏画刊》1993 年第 5 期）可知其变化之自觉。苦禅画前后固有小异，乃自然之老化，非蜕化也。

才分·功力·情怀

达利本善文,其散文如高云游空,殊得风流媚趣;其论文如乔岳之矗天,颇多雍容气象;其诗如丝如膏,清靡绮密,情喻渊深。诗文之余,尤善丹青。初作画,源于八大、老缶,每落笔,瀹郁沈朴,凝重屈蟠,以见北方雄浑之气暨磅礴之势。帜树金陵,卓尔不群。

达利今于编务之余,更以文心作画,触处生春,意趣深博。虽其无意于感人,而欢愉惨恻之思,溢于言象之外。每洒笔和墨,复能变雄浑为潇洒,化刚猛为和柔,熔磅礴为淡逸,而又不失其本。故其豪迈之中自有一种英爽之气,骨鲠之中别有一番空灵之韵。意趣天真,墨情动人。

昔人有云:"才人之画,品高而度远;诗人之画,风雅而神韵;奇人之画,超迈而味苦;画人之画,写真而作假矣。"若达利画者,可兼才人、奇人、诗人之妙,而无画人之假也。达利画俱在,诗文亦俱在,览者或见仁或见智,然皆可见其才分之高,不在功力之苦,而在情怀学养之不俗也。

《宋书》有云:"英才起于徐沛,茂异出于荆宛。"达利者,燕人而居于徐沛,复起于徐沛也。尝与余同里,余自美、日游学归,再睹达利画,复览达利文,喜不自禁,乃为之志焉。

大　字

　　用笔不知擒纵,故字中无笔。无笔之病众矣,流于软媚则其一也。知擒纵而过意为之,又每贻做作之诮或剑拔弩张之态。夫知擒纵之法而善为之者,山谷之后,南溟可称国手。尝见先生作大书,每解衣般礴,挥斥八极;如骠拥千骑,凭陵大漠;似鹏徙南冥,水击三千。动静相兼,刚柔俱生;气夺颜柳,韵掩苏米。

　　或曰:过矣。先生爱其人而宝其书乎?

　　余曰:何不见世人宝其书而爱其人。是人与书俱可爱矣。

小 字

南溟书，以二王筑基，复取法米芾、苏轼，再佐以王觉斯。退笔如山，又读书万卷；质沿古意，又文变今情。禀宇宙之壮气，承山川之灵韵。又终以其人格而形之。似晋非晋、似宋不宋、似明不是明。每作书，辄曰："走笔之际，无我无法。"余曰："细看来不是杨花，点点是南溟书法。"先生拊掌颔之而笑。

在昔苏东坡有云："大字难于结密而无间，小字难于宽绰而有余。"余观古今法书，惟南溟可兼之也。尝览先生小字，浑厚中饶其遒峭，苍莽中见其娟妍。尔后知：朗鉴出于自然，英风发乎天骨。信非虚言哉。

卷　四

解　手

　　人如厕，古人曰遗矢，今人曰解手。又曰：大便、小便。噫！怪哉。如厕者，曰解衣、解裳（上曰衣，下曰裳）尚可，而曰解手。余不解其词之意也。

　　后之蜀游览，考察古迹。闻有"七杀碑"。蜀地老人曰：明末，张献忠入川，杀富济贫。土豪武装集而攻之，张怒而杀之，双方死伤颇多。张稍止，土豪又攻杀之。张建"七杀碑"，逢人便杀。蜀人死亡几绝。清初，调湖广二地之民入川，故有"湖广填四川"之说。川人不恋土，原非其土也。

　　余考："七杀碑"乃蜀地土豪所建，用以诬张也。残杀川民者，乃土豪也；张所杀者，亦土豪也。然张捕人过多，是其弊也。凡被捕之人，皆缚双手，再串拴于二长绳之上，以俟检查，良民则释之，土豪则杀之，每一绳缚数百人，着一尉或一卒监之。凡欲遗矢者，则呼尉卒解其手，毕复缚之。含蓄者曰：乞给方便。尿者，仅解其一手，所给者，小方便也，故曰小便。遗矢者，则解双手，大方便也，故曰大便。然多数之俘虏皆直呼：解手。沿之至今耳。

　　呜呼，"解手"者，监管之尉卒解其俘虏之手也。今之自由之民何须解手？如厕者，复有何不便，仍曰大小便？

　　书此，以俟语言学家另词以易之。

束　脩

　　《论语·述而篇》云："子曰：自行束脩以上，吾未尝无诲焉。"杨伯峻以前人之说释束脩为干肉，又曰束脯。以为自交干肉以为礼物（学费），即可教育①。此论向为通说。然"束脩"固可释为干肉，"以上"又何意也？又孔子既收学费，又何限乎"干肉"。况孔子用食至为讲究，"食馑而餲"、"色恶"、"失饪"、"不时"，皆不食②。乃至"割不正，不食"③，又何能好干肉？又云："沽酒市脯不食。"④脯即干肉也。买来之干肉尚不食，又收干肉何用？又云："祭于公，不宿肉。祭肉不出三日。出三日，不食之矣。"⑤肉过三日，便不食，干肉何止三日哉？既不食，又收之何益？故吾每疑之。今读宋人吴曾《能改斋漫录》，有云："《后汉·马援传》注云：'男子十五以上，谓之束脩。'不可以'束脩之问不出境'一概论也。《檀弓》云：'古之大夫，束脩之问不出境。'乃知以束脩为束脯者为非是。后汉杜诗荐伏湛曰：'自行束脩，说无毁玷。'注：'自行束脩，谓年十五以上。'延笃传注：'束脩，谓束带脩饰。'"按此说甚是。

　　孔子乃"诲人不倦"者，何能非送礼而不教？颇污斯文。"自行束脩"，即自己能束发脩面整衣，自己料理生活，约十五岁矣。"以上"，即十五岁以上。无须孔子代为束发穿衣，即可教焉。若释为"干肉"，且又"干肉以上"，文意皆不通，况斯文乎？

注释:

①见《论语译注》,第 67 页,中华书局 1980 年版。杨译文:"孔子说:只要是主动地给我一点见面薄礼,我从没有不教诲的。"又注:束脩——脩是干肉,又叫脯。每条脯叫一脡(挺),十脡为一束。束脩就是十条干肉,古代用来作初次拜见的礼物。

②③④⑤皆见《论语·乡党篇》。

深山琴韵　陈传席

极聪明人多疑心

余读古今之书,经天下之事,察中外之人,而后知:极聪明人多疑心。然则疑于事则多成,疑于人则多失。文武兼备,才盖一世者,莫过于曹阿瞒。然其善疑亦同之。其疑于事致周密无遗,故战则大胜,功则大成,固治世之能臣也。其疑于人反复而不定,故多杀,乃损其德,固乱世之奸雄也。

此君王之疑也。

余尝有一友,聪明过人,每考试必名列前茅。然于交友,则多疑。或疑人不忠于己,或疑人利用于己,凡一小事皆疑之,至其终无友。余别之时,赠一古训曰:"水至清则无鱼,人至察则无徒。"然其终不悟也。

世之才人多不合于群。

不偶于俗,一也。多疑于人,二也。

附:

齐桓公不疑易牙,西哈努克不疑朗诺,终乱其国。汉成帝不疑王莽,终为所篡。(南朝)宋文帝疑名将檀道济,乃自坏万里长城。康熙帝曰:"朕平生不知信人,平生不知疑人。"此大帝君之语也。

补：

孟德斯鸠《波斯人信札》亦云："一个有才智的人，一般地说是很难与人相处的，他选择的人是很少的。"

寒山拾得图　陈传席

醒与醉

屈原长醒而不醉,陶潜长醉而不醒。故一心苦,一形苦。

吾人忧国深于屈,嫉俗甚于陶。醉不忍于民艰,醒不堪于俗情,故每感生也无趣,死也无益。久之始悟,乃取半醒半醉之间耳。

陶渊明贯酒图　明陈洪绶

理夺和情求

明主可以理夺，难以情求。

昏君可以情求，难以理夺。

古今一也，上下同耳。

历代帝王图　后周武帝宇文邕与陈后主陈书宝

历代帝王图　陈宣王　唐阎立本

十有九输天下事

赵匡胤扫荡群雄,一尊天下,其《咏初日》诗云:"一轮顷刻上天衢,逐退群星与残月。"此胜利者言也。

袁世凯帝梦未温而身败名裂。其子寒云怨天尤人,自书联曰:

> 十有九输天下事,
>
> 百无一可眼中人。

此亡败者之声也^①。

顺天下事,十有九胜;逆天下者,十有九输,故其宜矣。失道者,人皆叛之,非独人不中己意,己亦不中人意也。故百无一中意者也。

又,寒云表哥张伯驹《续洪宪纪事诗补注》第八十二首云:

> 不栉才人久负名,
>
> 洛神未赋亦多情。
>
> 宓妃有枕无留处,
>
> 惆怅词媛吕碧城。

注:吕碧城为近代女词人,曾见其词集《晓珠词》,前有陈浣(陈按:应为陈完)序,言其与寒云以词相知。有人愿为媒,使成为姻缘,但寒云已婚于刘氏,遂罢。此亦一恨事也。

吕碧城为一代才女（龙榆生《近三百年名家词选》选其词五首于篇末），留学国外，中年卜居瑞士。以弘扬佛法为务，终生未婚。张伯驹以吕碧城比洛神（宓妃），以寒云比曹植，谓二人婚姻未成为"恨事"。余未之信也。《晓珠词》前有陈完序，仅谓寒云甚赞吕碧城，且云："逾日当折柬邀女士与不慧饮集闲楼，留此人天一段韵事，为他日词苑掌故。"未云有欲婚事。又，寒云美妾无数，吕碧城自云："孤零身世净于僧"（《晓珠词》中"浣溪沙"句），不知能容寒云否？寒云妻刘姌，字梅真，亦大家闺秀，能书善画，又长于诗词，非等闲之辈也。张伯驹所言之事，不知何据。

注释：

①寒云也曾反对老袁称帝，尝有诗云："绝怜高处多风雨，莫到琼楼最上层。"

雲裏微開雙鳳下

鳳珠笑者

王維

掌中貪看一珠新

杜甫

林屋集句 寒云 書

袁寒云书法

匆匆而成

　　余事事，非至急时、促时不为，有时乎时虽宽裕，亦坐使流去。故凡事皆匆匆而成。每思之，恨以为病。今读陈去非《虞美人》句云：

　　　　吟诗日日待春风，

　　　　　及至桃花开后却匆匆。

是知古人亦有此弊也。

智圆行方

　　胆欲大而心欲小，智欲圆而行欲方。谨小慎微之徒，不足成大事。此胆欲大也。小者，细也。心不细，则为粗鲁之徒，亦败事之端也。

　　圆者，周密也，智不圆，则纰漏层出，浅薄之辈也。所谓行成于思、毁于随。为人行事，行不方，则无以立身显名，甚则奸诈油滑，邪恶小人也。

心情依旧　陈传席

北固亭月夜祭长江

乙丑中秋，余下黄山赴京口，友人约聚北固亭。其时朱青生坐尽地主之谊，达立自北京至，黄剑自杭州至，袁舟自西藏至，绍青自西安至，徐宏自上海至……四方豪杰，八表名士，推余为盟首，共乐中秋之夜。余立江浒悬崖之上，江水扑岸，淘然有声。朱青生携古井名酒，余接而捧举过首，告天，复倾而洒祭长江，众人齐歌"大江东去，浪淘尽，千古风流人物……"其声雄壮，响遏层云。尔后，众畅饮，掷瓶于江，祭毕，复回北固亭。

北固亭为汉末刘备赴孙吴居处，传云刘娶孙权妹于此。北宋乃米芾居所；南宋辛弃疾尝登此亭怀古，唱《永遇乐》："千古江山，英雄无觅孙仲谋处……"今之亭乃明代遗物。柱上有联，惜不甚佳。旁有古碑，月光之下，不易辨认。余约众杂坐亭中，各出诗文、奇句，或编新，或述古，务使新异。众声杂然，各赋词、联句，兴尽而去。

尔后，余赴美考察任职，青生赴德留学，绍青去法定居，徐宏之加谋事，同学东西各有天。而今，惟余一人返国。再游旧地，思当时之盛会，念今日之冷落，感慨系之，凄然泪下。浮生如梦，为欢几何，嗟夫！

北固亭　陈传席

朋友与仇人

问：何谓朋友？

曰：仇人之候选人也。

问：何谓仇人？

曰：事业成功之督促者也。

附记：

此吾受挫之际，一时牢骚之语，读者不可轻信。

竹石图　北宋苏轼

人瘦和士俗

苏轼诗云:

> 无肉令人瘦,无竹令人俗。
>
> 人瘦尚可肥,士俗不可医①。

黄山谷云:"士大夫处世可以百为,唯不可俗,俗便不可医也。"②余曰:然亦有可医处,读万卷书,行万里路,不亦医乎?

又,"无竹令人俗",反之,有竹则人不俗也,是以竹莫可医俗乎?

李方膺题《竹石图》诗云:

> 人逢俗病便难医,
>
> 岐伯良方竹最宜。
>
> 墨汁未干才搁笔,
>
> 清风已净肺肠泥③。

注释:

①见《于潜僧绿筠轩诗》。

②见四部丛刊本《豫章黄先生文集》卷二十九《书缯卷后》。

③李方膺,扬州八怪之一。《竹石图》现藏天津艺术博物馆。"岐伯",乃古之名医。

天才即疯狂痴颠

古今中外天才十之八九皆疯狂、痴颠。

王羲之,大书圣也。《语林》曰:"右军少尝患癫,一二年辄发动。"羲之患疯癫,其时记载甚详,后人为书圣讳,故隐之。余特披露之。

五代杨凝式书最绝,实开宋书之风,人称杨疯子,其疯亦甚矣。

米芾创落茄点,一变古今山水画法,为百代之师,人呼米癫。米书亦绝。

梁楷开禅画一派,人呼梁疯子。

徐渭、八大山人皆疯狂。

杜甫怀李白诗云:"佯狂究可哀。"非佯狂,乃真狂也。

余究古今中外特出大家,精神无病者鲜。近知毕加索亦疯狂。

日人滨田正秀著《文艺学概论》记:

> 尼采谓之"患病动物"。托马斯·曼云:精神病与疾病不可分割。蓝格·艾喜鲍恩调查七百八十二位名家,精神极度失常者占百分之八十三,健康者仅百分之六点五。波德莱尔、龚古尔、莫泊桑、尼采、莫奈、舒曼等皆患进行性麻痹症;牛顿、赫尔德、舒曼、迦尔旬、果戈理等皆发疯;克莱斯特、克魏格、海明威、凡·高、芥川、太宰、三岛、川端等皆自杀。

......

又谓:从希腊时代起,天才便与疯子结下不解之缘。亚里士多德的忠实弟子写的《问题集》第三十篇第一章中云:"无论是哲学、政治诗歌,抑是技术,总之,这些领域内的卓越人物,都患忧郁症。"柏拉图也在《斐多篇》中赞美疯狂……要是没有这种歇斯底里,即使站在诗歌的殿堂,具有高超的写作技巧,也写不出脍炙人口的诗歌。

德谟克利特云:"没有一种疯狂式的灵感,就不能成为大诗人。"此又古希腊流行之说也[①]。

余曰:正常人者,思维正常也,是以无奇可见。彼能是,我亦能是,故才不足惊人。疯狂者,思维不同常人也,或奇或怪,不偶于常理,故发而惊人。其才非人为,乃天予之,故称天才。是知,天下事,非一味人力强为而能至也。

注释:

①转引自朱光潜《西方美学史》,第 36 页,人民文学出版社 1982 年版。

泼墨仙人图　南宋梁楷

"唯上智与下愚不移"

子曰:"唯上智与下愚不移。"旧释皆以为上等智人与下等愚人地位不移。

余独不作此释。移者,变动也。上智者,有高识主见不受煽动之人也;下愚者,呆痴愚笨无知不学难以开窍之人也,此亦不可煽动也。此二者,理论、宣传皆不可移之也。

诗文、艺术、人生、革命诸多理论,高明者皆可移人,唯于上智与下愚二者无效,故曰:不移。

古之学者为己

子曰:"古之学者为己,今之学者为人。"①

《颜氏家训·勉学》云:"古之学者为己,以补不足也;今之学者为人,但能说之也。"

《太平御览》卷六百七引《新序》云:"齐王问墨子曰:'古之学者为己,今之学者为人,何如?'对曰:'古之学者,得一善言,以附其身;今之学者,得一善言,务以悦人。'"

江南所见　陈传席

为己,充实己,涵养己,改造己,履而能行之,身正言正,为德,为政,为文,为艺皆不恶也。

为人,意在装饰以炫人,空能为人言说,己之不行,不正,斯当代道德沦丧、为政偏颇、文章卑下、艺术庸俗之源也。

注释：

　　①语见《论语·宪问》，又见《荀子·劝学》、《北堂书钞》引《新序》、《后汉书·桓荣传论》。

卷　五

道佛异同

道之境略进之则为佛。

道家主"无",佛家主"空"。

道家主"静",佛家主"净"。

道家主"忘",佛家主"灭"。

道家主"虚",佛家主"幻"。

道家主"无欲",佛家主"无念"。

道家主"隐几",佛家主"入定"。

道家主"丧耦",佛家主"涅槃"。

道家主"物我两忘",佛家主"四大皆空"。

道佛之异在于:道求生之乐,而不论死后;佛求生之苦①,而望死后极乐。又:"佛法以有生为空幻,故忘身以济物;道法以物我为真实,故服饵以养生。"②

注释:

①佛以苦空为旨,韦应物《书怀寄顾八处士》诗有云:"别从仙客求方法,曾到僧家学苦空。"

②《广弘明集》卷八《道安二教论》。

宋元明清士人

进亦忧，退亦忧。①

此北宋之士人也。

一身报国有万死。②

位卑未敢忘忧国。③

此南宋之士人也。

体乾坤姓王的由他姓王，他夺了呵夺汉朝；篡了呵篡汉邦，倒与俺闲人每留下醉乡。④

此元之士人也。

澄心静坐，益友清谈，小酌半醺，浇花种草，听琴玩鹤，焚香煮茶，泛舟观山，寓意弈棋，虽有他乐，吾不易也。⑤

趺坐宜霜根老树，偃仰宜漏月疏林，寝室曲傍岩阿，书案平张松下。阶除步步芳草，轩槛处处名花。语鸟一笼，半睡半醒中着耳；文鱼弥沼，无情无绪处凭栏。⑥

此明之士人也。

春风自爱闲花草，蛱蝶何曾拣树栖。⑦

此明末清初之士人也。

左壁观图，右壁观史；

无酒学佛，有酒学仙。⑧

此清中期至今之士人也。

注释：

　　①北宋范仲淹《岳阳楼记》语。

　　②南宋陆游《夜泊水村》诗句。

　　③南宋陆游《病起书怀》诗句。

　　④元官天挺《严子陵垂钓七里滩》第一折。

　　⑤明人语录，书法条幅，现藏美国福格博物馆。

　　⑥李日华《紫桃轩杂缀》。

　　⑦钱谦益身为明大臣，降清后所作《蛱蝶词》句。

　　⑧清中期西泠八家之一黄易书联。现藏南京傅抱石纪念馆。

"和而不同"与"同而不和"

"和而不同"者兴,"同而不和"者亡。后语即今之"求大同存小异"也;前者乃"求大异存小同"。

孔子曰:"君子和而不同。"和者,继承也,学习也,吸收也,而终以"不同"者见。晏子曰:"君臣亦然,君所谓可,而有否焉,臣献其否以成其可;君所谓否,而有可焉,臣献其可以成其否。"晏子去据(晏子部下一人名),曰:"君所谓可,据亦曰可;君所谓否,据亦曰否;若以水济水,谁能食之? 若琴瑟之专一,谁能听之,'同'之不可也如是。"是以晏子为名相。春秋战国"百家争鸣",各家之说各不同,学术盛,国变亦速。至唐,国盛亦极也,四方之国皆尊唐为上邦,无敢来犯者,年岁来贡,皆臣于吾国。

宋人言必求"同",动辄曰:"祖宗之法不可变。"朱熹更立"同而不和"说,重注四书五经,定为一尊,不同者为异端。思想限于一端,人如木偶,则国力衰矣。是以宋与西夏战而败于西夏,与辽战而败于辽,与金战而败于金,与元战而败于元。待四方始"奉之如骄子",继"敬之如兄长",终"事之如君父"。靖康之难,厓山之祸,固其宜矣。

明清继理学,亦"同而不和",国愈弱,至为列强所食,国亡无日矣。

是知"和而不同"者兴,"同而不和"者亡。为国、为家、为学、为艺,皆然。书此以告学人,并以俟夫观人风者知焉。

一国二制

余读《辽史·百官志》,有云:

> 至于太宗,兼制中国……以国制治契丹,以汉制待汉人……因俗而治,得其宜也。

国制乃契丹原制,仍以之治契丹。复以汉制治汉人。此一国二制也。

太宗者,辽之第二代皇帝也。太祖耶律亿以一制治天下,太宗尝随其征,知其不可为;太祖死,太宗废太子耶律倍自立,乃改立"一国二制","用以招徕中国之人也"[1]。

其时实为一国三制,盖契丹原治区仍有原始奴隶二制,加之汉人封建制,故为三制。要之,一国二制也。

注释:

①《辽史·百官志》。

杂 议

无求

吕洞宾诗云:"西邻已富忧不足,东老虽贫乐有余。"①高克恭问:"人生至贵者何?"曰:"无求。"②此语可疗不足者忧。

宋诗

或曰:"宋诗味如嚼蜡。"然吾每读放翁诗:"身为野老已无责,路有流民终动心。"③辄感慨而不能止。

幸位与幸食

欲使国盛民强,须"朝无幸位,民无幸食"。吾读《荀子》,最重此语。朝有无才而侥幸做官者,民有不劳而得食者,皆害群之马,坏国之本也。

注释:

①见《渔隐丛话前集》卷第五十八《回仙》。

②见元邓文原《巴西文集·故太中大夫刑部尚书高公行状》。

③唐韦应物《寄李儋元锡》:"邑有流亡愧俸钱。"

郭巨埋儿议

汉郭巨为孝其母，竟活埋其子，惧其子分母之食故也。斯传为千古孝行，名列二十四孝，山东至今尚有郭巨祠。余每读其事，必骂郭巨残忍。大丈夫奋其力养活一母，何难之有？必欲埋其子而节食事母，此类人乎？禽兽有所不为也。而历代治人者必建其祠以嘉其行，士人必颂其事而扬其德。倘世人皆效之，为养其母而杀其子，此人道乎？吾直欲为人性哭耳！

北魏孝子石棺床　郭巨

孰与仲多

　　或言，刘邦虽开国之君，实为无赖之徒。余尝疑之，至读《汉书·高帝纪》，其云："上奉玉卮为太上皇寿，曰：'始大人常以臣无赖，不能治产业，不如仲力。今某之业所就，孰与仲多?'殿上群臣皆称万岁。"始知其真无赖也。非此人不可即帝位。彼固可以为帝也，然余则鄙而贱之，项王虽败，然余则壮而贵之。

　　人心之不可以权治也。

奇　语

　　吾昔于淮北开矿，遇工程师孙某，彼于五十年代初自美留学而归。其先祖某公乃清某朝状元，一生荣华，妻妾成群，惟子女不盛，老大方得一子，惜出生之时即无双臂双腿，老人悲之，然幸有后矣。少长，即聘名师教授，经史子集，无所不通，惜身残极，功名无望。子又生孙，孙又中状元。一家父老喜不自胜。新状元回家之日，全家庆贺，老状元、残极人、新状元依次而坐。残极人见其父过喜，左顾而曰："汝子不如我子。"复见其子喜，右顾而曰："汝父不如我父。"

　　吾奇其语，记之于此。

孔子好下古，老子好中古，庄子好上古

汉人以为古有三：五百年为下古，再五百年为中古，又五百年为上古。复有以上古为巢居时代者，不一而足。

孔子自云"信而好古"①，"好古敏以求之"②。其言必称西周，"周之德，其可谓至德也已矣"③。至老仍曰："甚矣，吾衰也，久矣吾不复梦见周公。"④所好之古，惟周也。故曰：下古。

老子言必"小国寡民"，"使人复结绳而用之"，"邻国相望，鸡犬之声相闻，民至老死不相往来"⑤。考古学谓"结绳而用"当在夏之前，此尧舜之时矣。故曰：中古。

庄子及其徒力主"巢居"、"与麋鹿共处"，即回复至类人猿之世。其云："古者禽兽多而人少，于是民皆巢居以避之。昼拾橡栗，暮栖木上，故命（名）之曰：'有巢氏之民。'古者民不知衣服，夏多积薪，冬则炀（烤火）之，故命之曰：'知生之民。'神农之世，卧则居居，起则于于（安然自得状），民知其母，不知其父，与麋鹿共处，耕而食，织而衣，无有相害之心。——此至德之隆也。"⑥故曰：上古。

余曰：孔子以周之德为"至德"；老子在孔之后，又以"小国寡民"为至德；庄子在老之后，又以"巢居"、知母不知父（母系氏族）、"不知衣服"、"与麋鹿共处"为"至德"。所好者，愈后愈古，何也？

孔子像　南宋马远

老子像　元赵孟頫

　　盖社会愈进步，人心愈复杂，人事愈难处，民不堪其虐，而愈思古。古者，朴也。故有古朴、古雅之称，而无今朴今雅之说。孔子之世，春秋无义战，礼崩乐坏，故孔子思周之德。周时天下一统，而国定民安、少争斗。孔子托古而鉴今也。

　　然周之世，犹有统治层，民仍不得"安其居、乐其俗"⑦。而老子之世，人心愈险，老子谓之："民之难治，以其智多。"⑧欲"常使民无知无欲"⑨。然难以至。故老子更思"小国寡民"，不用甲兵，不用舟舆，不用什伯之器⑩。

　　庄子之世，战事更烈，人心更危，"小国寡民"仍有人群，凡有人群，必有争斗。庄子每叹"民心变"⑪，"自三代以下，匈匈焉"⑫。故唱："独与天地精神往来。"⑬其所谓至人者，皆于"貌姑射之山"⑭，"黄帝将见大隗于具茨之山"⑮，"黄帝……闻广成子在崆峒之上，故往见之"⑯。至人在深山野林，而不在人世；在黄帝之前，而不在黄帝之后。而其徒则据以力主回复至"巢居"、"与麋鹿共处"之人兽不分时代⑰。

　　若以庄子之说，"返璞归真"，故可以去民人争斗之心，"无有相害之心"，然则社会不可进步矣。是以西人科学起于吾国反居上，吾国先至反居下。社会复杂，非惟今世。今人每叹人心不古，是古人亦有此叹。《书》云："人心惟危。"孔子之前，即有此叹，古今一也，人与我同耳。

注释：

①②④见《论语·述而》。

③见《论语·泰伯》。

⑤皆见《老子》第八十章。

⑥见《庄子·盗跖》。

⑦⑧⑨皆见《老子》。

⑩参见《老子》第八十章。

⑪《庄子·天运》。

⑫《庄子·天宥》。

⑬《庄子·天下》。

⑭《庄子·逍遥游》。

⑮《庄子·徐无鬼》。

⑯《庄子·在宥》。

⑰孔子曰:"鸟兽不可与同群。"

庄子像

儒·道·佛

余少读书,于儒、道、佛诸家,无不喜之。然皆流于清谈,不堪实用。中年屡挫,且常为群小所欺,世道不公,人事艰危,疲于应付,心劳日拙,不胜之苦。每觉人生之无趣。

久之,渐悟,复入儒、道、佛。儒(孔)之中庸及乐天知命;道(庄、老)之清净及知足不辱;佛(释)之超脱及四大皆空;道教之修炼及养生延年;皆兼而用之。心逸日休,游于物外,理明牵挂少,心闲岁月宽。

摩诘云:

> 中年唯好道,万事不关心。

老杜又云:

> 细推物理须行乐,何用浮名伴此身。

皆深悟世事之理也。

虎溪三笑图　宋佚名

三教图　陈传席

卷　六

诗有"三远"

郭熙谓山水画有"三远"①,诗亦然。

李太白:"登高壮观天地间,黄云万里起风烟。"——此"高远"也。

杜子美:"群山万壑赴荆门,生长明妃尚有村。"——此"深远"也。

陶渊明:"采菊东篱下,悠然见南山。"——此"平远"也。

高远之意突兀;深远之意重深;平远之意冲融。

高远气势高阔;深远浑涵汪茫;平远平淡天真。

少年多喜高远,中年多喜深远,老年多喜平远。心志异也。

注释:

①见宋郭熙《林泉高致集》。

诗与人

苏东坡诗云：

> 不识庐山真面目，
>
> 只缘身在此山中。

余曰：此学士诗也。

王安石诗云：

> 不畏浮云遮望眼，
>
> 只缘身在最高层①。

余曰：此宰相诗也。

或曰："未离海底千山黑，才到中天万国明。"②此王霸者之诗乎？

善哉，诗与人一也。心与手不可相欺乃如斯。

注释：

①只缘，一作自缘。

②宋太祖赵匡胤《咏日》诗。

诗忌隔见，亦忌直说

诗固忌隔见，亦忌直说。隔则难见，直则意少。

> 凭君莫话封侯事，
>
> 一将功成万骨枯。

> 可怜无定河边骨，
>
> 犹是春闺梦里人。

二诗皆不隔，然前者直，后者曲，蘅塘选诗，自有识见也。然前诗又含哲理，亦佳作也。

附记：

形以隔下，意以隔高。

王国维论词曰："语语都在目前，便是不隔。"即梅尧臣"状难写之景，如在目前"。谢灵运"池塘生春草，园柳变鸣禽"（《登池上楼》），江淹"春草碧色，春水绿波；送君南浦，伤如之何"（《别赋》），其景皆清新如在目前。欧阳修"谢家池上，江淹浦畔"，其景则含糊不清，盖前句由谢灵运《登池上楼》诗，再联想到"池塘生春草"之景，后句则由江淹"送君南浦"诗再联想到"春草碧色"，此则隔也。隔则不清不新，景不在目前。景不可触，则情无可生。

余曰："意可隐，形不可隔。"又曰："形以隔下，意以隔高。形隔则混浊不清，意直说则枯索无味。"

释晏殊《浣溪沙》"一曲新词"

此词思念情人之作,然无一句有"人",却又无一句不言"人"。

一曲新词酒一杯(怀念去年之情人,故作新词,怀人不见,心中苦闷,故饮酒。)

去年天气旧亭台(去年今天在此会情人,今年天气亭台依旧,人却不至。)

夕阳西下几时回(夕阳西下不可回,喻情人一去不回也。然夕阳西下,明日又至,奈何情人一去而不再至。)

无可奈何花落去(花落:喻情人已走,真无可奈何。何惋惜而不可止也。)

似曾相识燕归来(去年燕巢此,今年尚复归来,奈何情人一去而不再归来,人何不如燕也?)

小园香径独徘徊(去年与情人双双徘徊于此,今年情人不至,小园香径,惟独自徘徊,何孤独凄凉也,又思去年之情人今在何处也。)

按:

宋朝君臣皆情种,宋徽宗狎妓之勤,晏宰相思念情人之苦,皆罕见于他朝。君臣如此,国何不弱?渔阳鼙鼓,金人一至,"惊残好梦无处寻"也。

日落江湖白　陈传席

释温庭筠《菩萨蛮》

小山重叠金明灭（少女裸体仰卧，两乳房突起，如小山重叠。双睛微闭，金明灭也。凡金明、金粉、金莲，皆以言女性也。此句：先观整体，再至局部，金明为重。言女裸体而眠未起状。有等待情人之意。）

鬓云欲度香腮雪（乌发松散于白皙之面，可见其娇娜之态。香腮如雪，能不自惜？能不盼人惜？心境可知。其时虽仍未起，已有欲动之意。）

懒起画蛾眉（已起身，离床，一"懒"字，愈见娇态。画蛾眉者，盼有人来赏也。）

弄妆梳洗迟（一"迟"字，传神阿堵，卧等情人来会，久久未见，故起之迟也；心中仍思情人，故动作迟缓也；想来梦中见情人，故弄妆以意中会之，亦迟也。）

照花前后镜，花面交相映（前镜照面，后镜照背，后镜又映前镜，前镜又映后镜，则面与背俱可见也，插花之意何切也。花与面交映，何其美而丽也，然只自赏，情人不见，则人愈美心愈悲，何凄怆孤寂也——镜前所立之美女，仍为裸体。仅头上插花，身尚未着衣。）

新帖绣罗襦，双双金鹧鸪（已取衣，尚未穿。视衣，见新绣之丝绸短衣，其上所绣之金色鹧鸪，皆成双成对，雄飞雌从，人何孤单悲寞也。思妇念人，想衣未着体而泪已成雨也。读者至此，能不为之感而悲者，非情人也。）

陈案：

此一工笔裸女图也，全无背景。注家以"床头屏风上雕画着重重叠叠小山，太阳照上，金光闪闪灼灼"①释"小山重叠金明灭"，谬也。若是，则背景太重，喧宾夺主。且意不通。深闺卧处，阳光能照至否？即能照至，画能闪闪灼灼否？又，唐人屏风画绝无重叠小山之景，若李思训之青绿，仅以青绿二色；王摩诘之水墨，更为简朴，何金光闪闪灼灼？且李派画缥缈，王派画连绵，皆非繁琐小山也。况以"金光闪灼"释"金明灭"，亦牵强。更与下句不联，其意太突。又，以热闹光闪之背景，衬悲寞孤凄之人，破深闺幽静之境，气氛何偶？感时之意花亦溅泪，恨别之情鸟亦惊心，景与情融，自古而然，温公一代大家，何不知此？故其解断无可取。

注释：

①见《唐宋词选注》，按今之注家皆持此解。

女人体 徐悲鸿 1925 年

温庭筠

飞卿理髮思来即罢栉缀文诗赋韵格清拔文士称之善鼓琴吹笛云有丝即弹有孔即吹不必柯亭爨桐也著乾𦠆子其书久不傳

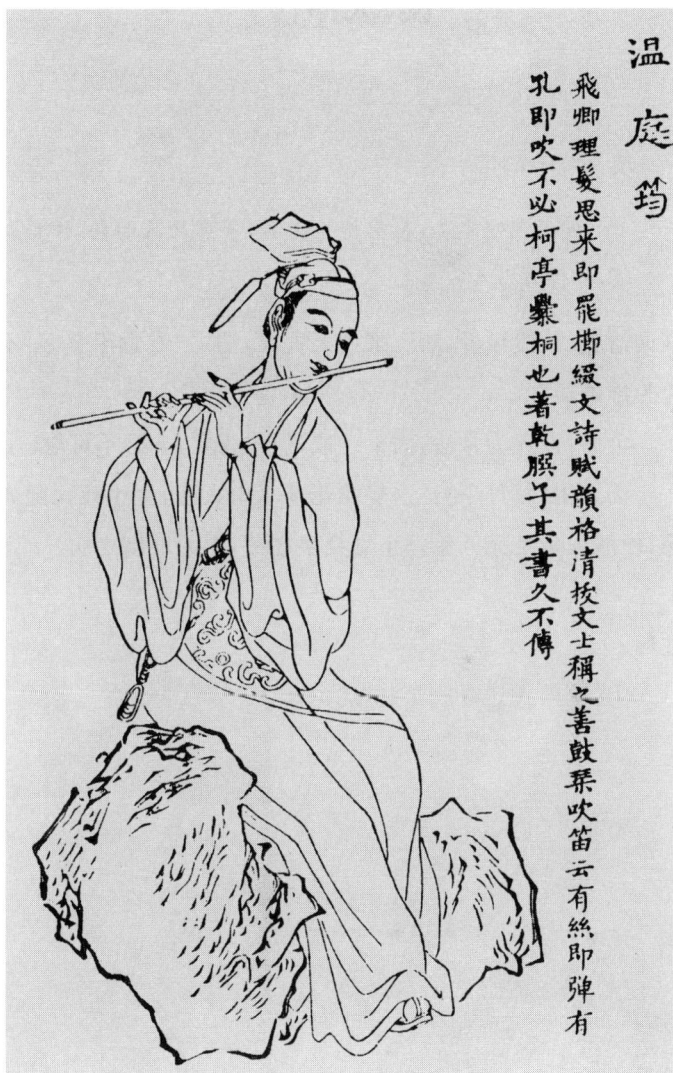

温庭筠像

读《天净沙》

乔吉《天净沙》：

> 莺莺燕燕春春，花花柳柳真真，事事风风韵韵，娇娇嫩嫩，停停当当人人。

其词清脆、活泼可爱，然历来遭人责难，谓之"专意于叠字，不免为堆砌矣"①。

余曰：以此为常法，固不可取，偶尔为之，未必不可取。

汤显祖《牡丹亭》："这般花花草草由人恋，生生死死随人愿，便酸酸楚楚无人怨。"正见叠字之美，而无堆砌之病。

注释：

①《文学批评与欣赏》傅庚华语。

断肠人在天涯　陈传席作

李清照《如梦令》

李清照《如梦令》词云：

昨夜雨疏风骤，浓睡不消残酒。试问卷帘人，却道海棠依旧。知否？知否？应是绿肥红瘦。

余友告余曰：某公释此词，"昨夜雨疏风骤"，乃男女交欢作爱之境也。作爱之后乃"浓睡"云云。其下词意皆以此意附之。如"绿肥红瘦"，乃映绿女红男，一肥一瘦也。

余闻之颇怒，曰：解人当以尽作者之真意为尚。正义发挥次之。或偶作游戏笔墨，另辟境界，乃至悖论别解，故作趣语，亦未尝不可。然若以庸俗易文雅，乃至恶语污言坏人声誉，辱人形象，绝非斯文之所许。为之者乃自居"下流"也。余极恶之。

李清照像　清崔鏏

李白行吟图　宋梁楷

李　白

李白为诗仙，为才子，为剑客，为狂人，为酒鬼，为浪子，为赌徒。

余独爱其为狂人、酒鬼、浪子。

客曰：此真率也。

然非真才子何以为真狂人，非真诗仙何以成真酒鬼，非真剑客何以成真浪子。世之所谓酒鬼、浪子者不过酒囊饭袋、草芥之俗物耳，何足以望青莲之项背也？

又：东坡评太白"戏万乘若僚友，视俦列如草芥"[①]，非浪子何以至此？若趋炎附势之徒，敬万乘为至尊，仰俦列若高山，处秽污而不羞，为奴犬而觉荣，其亦足称人乎？"士以气为主"。

东坡又云："方高力士用事，公卿大夫争事之，而太白使脱靴殿上，固已气盖天下矣。"[②]

吾所以爱太白者，尽在于斯。

注释：

①②《李太白碑阴记》。

回文诗

回文诗始于晋傅咸、温峤，然今已不可见。世传现存回文诗见于庾信子山（513—581）。然余见梁元帝集中即有《后园作回文诗》云："斜峰绕径曲，耸石带山连。花余拂戏鸟，树密隐鸣蝉。"回读："蝉鸣隐密树，鸟戏拂余花……"尤妙，且早于庾信也。

余少学诗，吾师即诫之勿于回文著力，此小技而非诗之正道也。如"池莲照晓月"、"心忧增慕怀惨伤"云云。然佳回文，亦有奇趣，非为正、回皆可成诗，且有从第二、第三、四、六字读皆成诗者。余尝见一盘中二十八字，自任何一字皆可起读，二十八字，成诗百余首，惜未录记，甚为可惜。今又见"重重青山抱绿水，弯弯绿水绕青山……"回读"山青绕水绿弯弯"固亦成诗，且自第三字读亦成诗："青山抱绿水弯弯，绿水绕青山重重……"或"青山抱绿水，弯弯绿水绕"，惜境界格调不若吾昔时所见盘中回文高雅，然已足奇矣。

又尝见一小茶碗，甚雅。碗壁环书五字："可以清心也。"自末字读"也可以清心"、"心也可以清"、"清心也可以"、"以清心也可"。再至"可以清心也"，反复轮回而可无穷也。真当为吾国诗文之一绝也。诗人倘有别才，偶尔为之，必有可传者也。

蘇若蘭

黄山谷題迴文錦詩云千詩織就迴文錦如峀陽臺莫雨何亦有英靈蘇蕙手只無悔過

竇連波

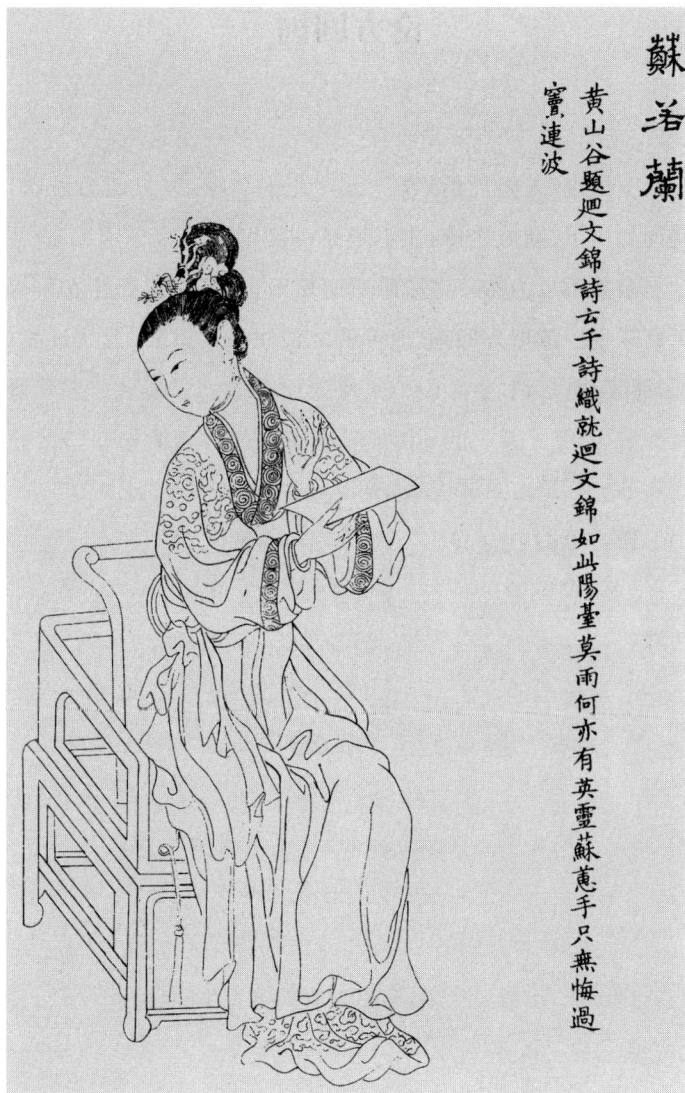

苏若兰像

论方回词

王国维《人间词话》卷下云："北宋名家，以方回为最次，其词如历下、新城之诗，非不华赡，惜少真味。"

余独不以为然，"空床卧听南窗雨，谁复挑灯夜补衣"，得无真味乎？或曰方回词"兼苏柳之长而无其短"①，此又过矣。《云韶集》卷三谓之："儿女、英雄兼而有之。"张来云："夫其盛丽如游金、张之堂，而妖冶如揽嫱、施之袪，幽洁如屈、宋，悲壮如苏、李，览之自知之，盖有不可胜言矣。"②

斯言可谓中的。

注释：

① 龙榆生语。

② 《张右史集》卷五《贺方回乐事序》。

王摩诘和陶渊明

王右丞尝嘲陶渊明："弃官之后又行乞。"①余读之，觉有理。人不忍一时之辱而至终生受苦，吾人常如是。然性如此，不可改也。至夜梦陶怒曰："行乞何鄙？摩诘以奔走公主之门而得官，岂不鄙乎？再以《舞黄狮》而坐官受怕，再以周子谅事而受惊，再受伪官而受辱，再以伪官罪几遭杀身，虽免死而又受辱，一辱再辱，何鄙也。于我则不堪也，何颜而嘲于我？"既醒而觉陶有理。

注释：

①见《王右丞集》卷十八《与魏居士书》："近有陶渊明，不肯把板屈腰见督邮，解印绶弃官去，后贫，乞食诗云：'叩门拙言辞。'是屡乞而多惭也。尝一见督邮，安食公田数顷，一惭之不忍，而终身惭乎。此亦人我攻中，忘大守小。"

老妪解诗我不解

唐白居易诗,老妪解之,众所周知,余不惜再录之:

> 白乐天每作诗,令一老妪解之,问曰:"解否?"妪曰"解",则录之;"不解",则又复改之。[①]

古今赞其方,惟余每闻其说,不禁笑倒。诗者,志之所之也。言者,心声也。而以老妪解否为式,余不解也。

然则"自怜郡姓为儒少,岂料词场中第频。桂折一枝先许我,杨穿三箭尽惊人。"[②]不知老妪解否?"樱桃樊素口,杨柳小蛮腰。"又不知老妪解否?

我辈所解之诗,老妪解否?余则不知。然则老妪解之,我辈则不解也。

注释:

①见宋彭乘《墨客挥犀》卷三。

②白居易自云先祖乃秦之武将白起,故云"为儒少"。又白居易兄弟三人,自先中第,其弟敏中、行简亦相继中第。诗中所言本此。"桂折一枝",典出《晋书·郤诜传》:"诜对曰:臣举贤良对策,为天下第一,犹桂林之一枝,昆山之片玉。"此老妪知否?

杜诗李风之一

杜甫《江南又逢李龟年》诗：

> 岐王宅里寻常见，
> 崔九堂前几度闻。
> 正是江南好风景，
> 落花时节又逢君。[①]

诗风直率爽朗，似李白。与杜诗晚年深沉苍浑之气格颇不类。

有考其诗果非杜甫之作。岐王，玄宗弟李范也，好文雅，开元十四年死。崔九，崔涤也，时为殿中监，亦开元十四年死；其时杜甫方十四岁。"寻常见"者，更当早于此。何及同游？况杜亦无由出入岐王宅也，更无及见崔九。

李白正与李龟年同处玄宗禁中，玄宗以听李白诗、赏李龟年乐、见美人杨太真为三美事。得无此诗真乃李白之作乎？臆度如此，更俟宏识。

（以上乃吾一时兴到之语，不足为据）

注释：

①此诗，杜甫研究专家萧涤非断为杜甫死前作于长沙，时为大历五年(770)。见《杜甫诗选注》，第337页，人民文学出版社1996年版。然余观其风格不类，久疑之。

一文錢

杜甫　囊空恐羞澀囧得一錢看

殘空者吾儕一招

杜甫像

卷　七

情欲与长寿

王充《论衡·道虚》有云：

　　夫草木无欲，寿不逾岁。

　　人多情欲，寿至于百。

世之长寿者多情欲盛^①。

　　惟其机体壮，方有情欲盛；情欲盛，方活力强；活力强则青春长，斯长寿之故尔。

　　又，愈灵动者性欲愈高。人高于猿，猿高于狗，狗高于羊。智商高者又高于智商低者。

注释：

　　①1985年5月《读者文摘》载：英国希罗普温宁格通地方之农民托马斯·帕尔，在一百零二岁那年，竟还因与青年农妇有不正当的性关系，而获罪判刑。一时间惹得街谈巷议，臭名远扬。在一百二十岁那年，帕尔又续弦了一位年轻的寡妇，并生了儿子迈克尔。后来迈克尔活了一百二十三岁，而帕尔直到一百三十岁尚能干各种农活，临死前，虽然记忆衰退，视力变弱，但听觉和智力尚好。死时一百五十二岁。

　　日本北部一老人五次结婚，一百四十七岁时，其妻又亡。记者去采访他时，见其身强力壮，声音宏亮，食量颇大。他见到其中一位漂亮的女记者，喜形于色，目不转睛地观看。问他现在最希望干什么事,他说:最希望轰轰烈烈地谈一次恋爱,找一个年轻的、漂亮的姑娘结婚。我不能没有女人。

北京《老人天地》1988 年 12 月号载:南斯拉夫巴尔的百岁老人罗佩·索茨于 1985 年 2 月 10 日进行了第六次结婚登记,新娘是五十九岁的米特拉·佩特罗维奇。这是她头一次出嫁,索茨是巴尔最年长的公民,他性情活泼、身体健康,在前五次婚姻生活中,生下十三个子女。

巴西一百十九岁老人席尔瓦 1986 年在里约热内卢首次结婚,他原是一富家奴仆。……新娘五十七岁。

前苏联《青年技术》载:伊朗人阿尤布一百八十岁时,已有一百七十个后代。

阿塞拜疆人希拉里·穆斯利莫夫一百六十八岁,有二百多个后辈。

生命与精神

国人以精神为本体。

故曰:"杀身以成仁,舍生以取义。""存天理,灭人欲。"凡人欲皆在压抑之中,人为道德役①。又,人为护机器财物,可舍生命,此精神也。

西人以生命为本体。

故曰:实用主义。兑现价值,满足需要,凡人欲皆在满足之中,道德为人役②。机器财物皆为人所适,而不为人所累,人乃宇宙中心。

此中、西区别之根本也。

注释:

①吾国妇人"饿死事小,失节事大"。元代一妇人葬其夫,回携其子过寺,欲借宿。门卫者不许,推其臂而拒之,妇虽穿重衣,犹以为被污,乃不忠于夫也,欲死又不能养其子,乃斩掉其臂以洁其身。

②英国一军队被围于印度某山,激战十余日,粮已绝,援兵不致,亡在目前。乃电告英相,英相调兵相救已不及,乃电令:"尔等全部投降。"又云:"尔等降后,父母妻子儿女俱由国家抚养,不须虑也。"

被狮子袭击的克洛东米隆　法国

物种起源

　　世人皆知人由猿进化说起于欧人达尔文，不知吾国早有此说者。

　　明末王夫之即谓原始之人乃"植立之兽"也。其云："中国之天下，轩猿以前，其犹夷狄乎。太昊以上，其犹禽兽乎……饥则呴呴，饱则弃余者，亦植立之兽而已矣。"[①]达尔文进化说盖同于此。

　　庄子所云尤妙："种有几，得水则为㡭……久竹生青宁，青宁生程，程生马，马生人。"[②]是谓物种起源于"几"。几者，微生物也。进化而为㡭，㡭者，苔草也。反复进化，至久而生笋之竹，再化而为青宁虫，青宁虫进化而为"程"，程者，豹也。豹进化而为马，终进化而为人。妙哉，其说早于欧人二千余年矣。

注释：

　　①《思问录·外篇》。

　　②《庄子·至乐》。

原“孟”

孟，《说文》释曰："长也，从子、皿。"（按：长音 zhǎng 掌）《辞海》云：兄弟姊妹中排行居长的，如："孟兄。"长子，长兄，皆为孟。然何故从子又从皿？又，次曰仲，再曰叔，末为季，皆与子、皿无涉，诚难解颐。

偶读《墨子》卷十三《鲁问》第四十九[1]有云："鲁阳文君语子墨子曰：楚之南，有啖人之国者桥，其国之长子生，则解而食之，谓之宜弟；美则以遗其君，君喜则赏其父。"生长子则"解而食之"，君民皆然。此风尚不止楚地，越地更甚。《墨子》卷之六《节葬》下第二十五有云："越之东有轾沭之国者，其长子生，则解而食之，谓之宜弟。其大父死，负其大母而弃之，曰鬼妻不可与居处。此上以为政，下以为俗。"[2]《列子·汤问篇》中有基本相同之文字。长子生则解而食之，未免残酷。长子即孟子也，古之食肉，以肉盛陶皿之中，下加火蒸而食之。食长（孟）子，想亦放入陶皿中蒸而食之。据云其味甚美。齐桓公久不食人肉，颇思之，近臣易牙闻之，乃烹其子为羹（亦蒸食）以献桓公，桓公美之。考古学、民族学、古文献皆有食人之说，其风普遍，非止一端。北京周口店中国猿人为食人者，已为世所共知。澳洲、美洲亦有食人之证。始食人非仅长子，亦非止初生子（婴）。

《墨子》以记，长子生则解而食之在越之东，即今之杭州一带,1973年及1977年考古家在这里两次发掘原始社会遗址,即考古学上著名的河姆渡文化,面积达四万平方米,有四个相互叠压的文化堆积层。其第四层最为重要。在此层居址内发现一些陶罐陶釜,内各有婴儿骨架[3]。陶釜和陶罐都是当时煮食器皿。还发现一些器皿中有把婴儿和鱼放在一起煮的现象(鱼的味道亦很鲜美)。据专家们鉴定,人骨细薄如纸,颅骨尤薄,乃是初生的婴儿。初生婴儿放在陶器中煮食,或婴儿和鱼同煮,正是当时风气。然考古家不知所煮食之婴儿为长子也。延至春秋时代,则乃专食长子,谓之"宜弟",且"上以为政,下以为俗"。可见沿袭颇久。长子(孟)生则放于皿中煮而食之,故"孟",从子、皿也。次子以下皆不蒸食,故不从子、皿也。此"孟"之原也。𤰞,初生儿也,双手掩耳,曲缩,足并,考之初生婴儿,果然。𥃢,下为座,最下可加火,上可盛物,皆象形也。

呜呼!笔者忝为长子,幸晚生数千年,免遭煮食之难。然溯思之,仍不寒而栗。愿文明更深人心,永废食人之世。

注释:

①见上海古籍《四库精要》(12)子部,第43页,《墨子闲诂》卷十三《鲁问》第四十九。

②《四库精要》,第18—19页。

③见《河姆渡遗址第一期发掘报告》,《考古学报》1978年第1期。

补：

《韩非子》："易牙为君主味，君之所未尝食，唯人肉耳。易牙蒸其首子而进之。"《管子校正·治要》：（戴子高）"易牙以调和事公，公曰：'惟蒸婴儿之未尝？'于是蒸其首子而献之公。""首子"即长子，即"孟"也。

井水与长寿

"文革"中,余被迫离校上山下乡。初上屏山,后下岐路村。其地一老妪,年一百零五,犹持刀下田割麦。其时,余任会计兼医生,又任通讯员(撰稿人),特为撰文报道。复问其长寿之道,然伊不自知也,故不能言,访其家,见其子卧床不起,年八十有七矣,全靠老妪照顾。

妪不知营养,少为童养媳。吞糠咽草,充腹而已。后偶得一蛋一鸡,必送其子。余视其家,贫已甚矣。终生惟一怪癖,冬夏皆饮井水。且家无蓄水之缸。自少至老,仅持一陶罐,随饮随往井中取水,随取随饮,饮足而倾,再饮再取,水不隔宿,亦不隔午。询之,百年不烧开水,不饮茶。且皆提罐至井中自取,不假手于儿、孙辈矣。

元人夏铭,生于宋、卒于明,著《饮食须知》云:雪水、雨水、泉水、河水、井水,惟井水最佳。其云:"井水味有甘淡咸之异,性凉。凡井水远从地脉来者为上……凡井水以墨铅为底,能清水散结,人饮之无疾,入丹砂镇之,令人多寿。"

今之自来水者,以科学方法清水,然不及井水远甚。科学之兴,凡有一利,必有一弊。人类始得益于科学,终必亡灭于科学。医亡之法,救世之道,必以吾国哲学"法自然"、"中庸之道"、"适可而止"之法。科学之兴,若适可而止,则利多而害少,然西人不欲止。吾国发明火药,止于爆竹取乐,西人则用以造枪炮、飞弹,乃至原子弹、氢弹,非至灭绝人类而不能止。

余每曰:文明起于东方,必亡于西方。

又,一山村,人皆长寿,百岁以上者为常见。邻村则鲜有长寿者。好事者究之,化验知井水有物,复查之,见井壁有何首乌之根须入者也。凡饮其井水者,皆长寿。后贪财者挖而售之,医家鉴曰:"已百余年矣。"何首乌去后,则无长寿者,此又科学之杀人也。然村人不自惜,反视死生有命、长寿无益云云。哀哉!吾土吾民,何时得脱蒙昧之中,而与西强争胜也。

江苏扬州　石雕井台

独睡丸

宋包恢身健寿长,贾似道求传延年长寿方,恢曰:"恢吃五十年独睡丸。"①盖言五十年不与女性交也。宋吴曾《能改斋漫录》卷八记《服药不如独卧》云:

> 世所传道书,杂载神仙秘诀,有云:"服药千朝,不如独寝一宵。"此最有理。予近读顾况琴客诗云:"服药不如独自眠,从他别嫁一少年。"乃知古有此语。然《太平广记·彭祖传》云:"服药百种,不如独卧。"又知道书本此。②

《太平广记·彭祖》果有:"上士别床,中士异被。服药百裹,不如独卧。"③然又云:"五音使人耳聋,五味使人口爽。苟能节宣其宜适,抑扬其通塞者,不以减年,得其益也。凡此之类,譬犹水火,用之过当,反为害也。""美色淑姿,幽闲娱乐,不致思欲之惑,所以通神也。"④

放翁诗云:"九十老翁缘底健,一生强半是单栖。"亦独睡意也。明人龙遵叙《食色绅言》云:

> 人之寿命主采精气,犹灯之有油,如鱼之有水。油枯灯灭,水涸鱼亡,奈何愚人以苦为乐,见色弃生,岂知精竭命亦随逝。

> 唯汉武帝七十岁,梁武帝、宋高宗八十余岁。汉武帝尝言:"服药戒色可少病。"梁武帝敕贺琛曰:"朕绝房室三十

行乐图　刘贯道

年，不与女人同室同寝亦三十年，此致寿之道，不系其好仙佛也。"

余论然则五十年、三十年独睡，又过矣。余前言"世之长寿者多情欲盛"亦可证其非。阴阳不可不交，亦不可太过，凡事适可而止，必无虞。是以，吾信《抱朴子》之语：

> 人复不可都绝阴阳，阴阳不交，则坐致壅阏之病，故幽闭怨旷，多病而不寿也。任情肆意，又损年命，唯有得其节宣之和，可以不损。⑤

汉儒董仲舒《春秋繁露》亦云："谨游于房，积精为宝。"且云："新壮十日而游于房，中年者倍新壮，始衰者倍中年，中衰者倍始衰，大衰者以月当新壮之日。"此或可以为鉴。

附：

蔡季通⑥《睡诀》：

> 睡侧而屈，觉正而伸。早晚以时，先睡心，后睡眼。

周密⑦《睡方》：

> 花竹幽窗午梦长，此中与世暂相忘。
> 华山处士如容见，不觅仙方觅睡方。

然则睡亦有方邪？希夷之说，不过谓举世此为息魂离神不动耳。《遗教经》乃有"烦恼毒蛇，睡在汝心；睡蛇既出，乃可安眠"之语。近世西山蔡季通有《睡诀》云："睡侧而屈，觉正而伸。早晚以时，先睡心，后睡眼。"晦庵以为此古今未发之妙。然睡心、睡眼之语,本出《千金方》,季通特引此说,晦庵偶未之记耳⑧。

注释:

①见《说郛》卷二七《三朝野史》。

②《能改斋漫录》上册,第 242 页,上海古籍出版社 1979年版。

③④《太平广记》卷二,第 10 页,1986 年北京中华书局版。

⑤《抱朴子内篇校释》,第 137 页,1980 年北京中华书局版。

⑥蔡元定,字季通,号西山先生。曾从朱熹(晦庵)游。

⑦周密,字公谨,号草窗,宋末元初著名学者。

⑧见《齐东野语》,第 302 页,中华书局 1983 年版。

吸鸦片者戒后仍可长寿

张学良少时吸鸦片烟，后强戒之，今寿已百岁有余矣。章士钊吸鸦片，至五十年代后方戒之，年九十五岁，仍去香港，奔走国是。西班牙旅法画家毕加索，少时吸鸦片，至1908年始戒之，寿至九十三岁①。余少时读书，授课先生中多有吸鸦片而后戒之者，其人"文革"中皆历尽折磨，然多寿至九十余。

余非教唆人吸鸦片者也。张学良、章士钊、毕加索辈，倘不吸食鸦片，或许寿更长，亦未可知。然吸鸦片而不戒者，必瘦弱多病而早逝也。清末大画家任伯年，年轻时即吸鸦片，徐悲鸿《任伯年评传》记："伯年嗜吸鸦片，瘾来时无精打采，若过足瘾，则如生龙活虎，一跃而起，顷刻成画七八张，元气淋漓。此则其同时黄震之先生为余言者。"②任伯年嗜吸鸦片，同时人皆知之，记载颇多，终其生未戒除，年仅五十六岁而卒，死前极痛苦，作画亦极少。

严复，乃大思想家兼大翻译家，1879年自英国留学回，年仅二十五岁，颇受直隶总督、北洋大臣李鸿章重视，调其至天津北洋水师学堂，先任总教习，后任会办、总办。此时严复即习吸鸦片，以至上瘾。李鸿章知之，劝诫曰："汝如此人才，吃烟岂不可惜，此后当仰体吾意，想出法子革去。"然严复烟瘾太深，终其生未能戒之，其1916年1月9日日记中仍有英

严复像

文记录,曰:"Two Pipes in the afternoon。"(午后吸烟两筒)其"烟"即鸦片也。严复因吸鸦片而得哮喘、肺心诸病,痛苦难忍,后住医院,虽服安眠药亦不得眠,其悔亦甚也。1921年,严复卒于鸦片烟毒,年仅六十七岁。

注释:

①毕加索吸鸦片事见《新派生活的绘画大师》一书,《作家文摘》1996年12月13日摘刊,题曰《还毕加索以真面目》。

②王震编:《徐悲鸿艺术文集》,宁夏人民出版社1994年版,第592页。

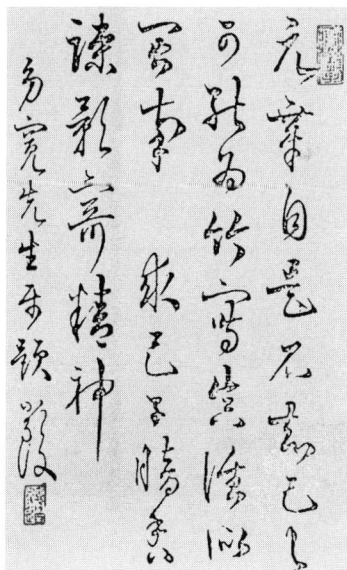

严复手迹

卷　八

蔡京定罪法

宋人王明清著《玉照新志》卷一有记："元祐党人，天下后世莫不推尊之。绍圣所定止七十三人，至蔡元长当国，凡所背己者皆著其间，殆至三百九人，皆石刻姓名颁行天下。"①

此宋人记宋事，谅不虚也。

宋神宗用王安石，行"熙宁变法"。神宗死，哲宗幼，太皇太后当政，元祐年间，起用司马光为相，尽废新法。太皇太后死，哲宗亲政，改元绍圣，又复新法，且定元祐年间废新法之臣司马光、刘挚、苏轼、程颐等七十三人为"元祐奸党"。徽宗朝，蔡京（字元长）任宰相（当国），反"元祐奸党"运动又扩大化，由七十三人扩为三百九人。蔡元长定奸党之名，徽宗书写，刻石于皇宫，上额曰"元祐党籍碑"，又称"党人碑"。凡名入"党人碑"者，已死者，追贬官爵，烧毁文集，累及家属；未死者，贬官流放，永世不得起用。

然蔡元长所定"元祐奸党"之名，非以事实为据，乃以与己亲疏者论。凡与己不合者，皆列为"元祐奸党"，凡与己合者，皆非"元祐奸党"。与己合者，是"元祐党"亦非"元祐党"；凡与己不合者，非"元祐党"亦是"元祐党"。乃至于当年反对"元祐党"且为"元祐党"人所害所仇者，只因与蔡元长不合，亦被蔡列为"元祐党"。真正是"元祐党"人，当年参与司马光集团反新法者，理应归入"元祐党"，只因与蔡元长甚合，亦不

吟欲調商窺古桐
松間疑有入松風
仰窺低審含情客
以賦無絃一弄中
白時瑛詩題

聽琴圖

宋赵佶《听琴图》图中坐在右边的是蔡京，
坐在左边的是童贯，居中抚琴者为宋徽宗

列入"元祐党"②。

李清臣及王安石学生陆佃等,皆变法中重要人物,向为"元祐党"人所仇,然因得罪蔡元长,亦被打入"元祐党";章惇乃反"元祐党"之首要人物,因与蔡不合,亦列入"元祐党",并刻于碑。

王明清又曰:"至于前日诋訾元祐之政者,亦获厕名矣。"③诋訾(辱骂诋毁)元祐之政者,皆属革新派,然反被蔡列入元祐之党,盖因与蔡不合之故也。

又云:"范忠宣太息语同列曰:'吾辈将不免矣。'后来时事既变,章子厚建元祐党,果如忠宣之言,大抵皆出于士大夫报复,而卒使国家受其咎。悲夫!"④

古今权人,出于报复,借运动之机,行扩大化,打击同僚,而卒使国家受其咎,此吾国之悲也。

要之,蔡京定罪之法,惟以合己、背己为据,事实不必查问。余不知今,不知今人有继蔡京之法者否?今人倘有承其法者,须知其祖宗即蔡京也。

注释:

①②③④皆见王明清《玉照新志》卷一,上海古籍出版社1991年版。

志与气

　　志与气，辩证之统一，吾信夫孟子之说，曰："志壹则动气，气壹则动志。"①朱熹注云："壹，专一也。孟子言志之所向专一，则气固从之；然气之所在专一，则志亦反为之动。"朱释是也。志与气互为影响。志，思想意志也；气，精神力量、道德境界也。志，若专一于某事，则气必随之；反之，气若专一于某境，则志亦随之变。

　　"生命诚可贵，爱情价更高。若为自由故，二者皆可抛"，此志壹而动气也。"不爱江山爱美人"，此气壹而动志也。

　　余又曰：志高必生气，气坚必有志。志中有气，气中亦有志也。志者，帅也；气者，军也。帅可治军，三军又可夺帅也。

注释：

①见《孟子·公孙丑上》。

编辑苦衷

古之编书者必有名，如萧统之编《文选》，欧阳询之编《艺文类聚》、虞世南之编《北堂书钞》。

今之编者则不然。

编书编画册，收大家名家作品，读者见其作品佳，则曰"真不愧大家名家"，是时已忘却编者之功。若其作品不佳，则曰"有名无实"、"应酬之作"，亦忘却编者之责。

若收入小家或无名之辈作品，读者见其作品不佳，则必骂编者"有眼无珠"、"后门"、"关系"。若其作品佳，则惊视，作者何人耶？是时亦忘却编者之功。呜呼，编辑亦难矣！编好书则无名，编劣书则落骂名，是亦难矣。

余编书，编画册，不忌大家，不拒名人，尤不欺无名，更不宽待大家名人，惟以作品高优为标准。然余性严，选文选画颇苛刻，故每编一书一册，颇费力。是以每编一书，不若自著一书省力耳。故余著书多，编书少。

"玩世不恭"与"幽默"

中国人玩世不恭者多，而幽默少。

欧美人反之。

何也？

中国法制宽松，而思想禁锢严。

法制松，玩世不恭者多。若法制严，则何敢玩世，且又于世不恭？

思想禁锢严，言者皆谨慎，故幽默少。

欧美法制谨严，而思想禁锢少。

故玩世者少（惧法治之也），而幽默者多（言者无罪，思想不犯罪）。

中才易致高位^①

——吾国发展缓慢考之一

高才易遭人妒，蠢才多为人鄙，是以中才易致高位，亦易成大名。

《墨子·亲士》有云："今有五锥，此其铦，铦者必先挫。有五刀，此其错，错者必先靡。是以甘井近竭，招木近伐，灵龟近灼，神蛇近暴。是故比干之殪，其抗也；孟贲之杀，其勇也；西施之沉，其美也；吴起之裂，其事也。故彼人者，寡不死其所长，故曰：大盛难守也。"

庄子行于山中，见伐木者不伐无用之木，曰："此木以不材得终其天年夫。"出山舍于故人之家，故人喜命竖子（孺子）杀雁（鹅也）烹而招待之，竖子问曰："其一能鸣，其一不能鸣，请奚杀？"主人曰："杀不能鸣者。"夫山中之木，以不材生；主人之雁，以不材死。庄子曰："周将处夫材与不材之间。"^② 夫材与不材之间者，即中才也。其可以得终天年，亦可以致高位，惟不能成大事，此吾国发展缓慢原因之一也。

注释：

①原题为《中下才易致高位》，文中亦如之。友人劝吾大度而改之。

②见《庄子·山木》。

待小人不可以大恩

——待君子必以大德

待小人以小利，其必报大恩；待小人而施大恩，其必反而为仇。盖小人见小利而忘命，恩大反而为累也。吾久为小人所害所仇，皆因待之以大恩故。吾向有怜悯之心，见小人乞求，必帮之，一帮则全力帮之，待其前途已定，羽毛丰满，则翻脸即害我。仇人相害，吾无动于衷；官儿相害，一笑置之；惟得吾大恩者或吾门人相害，吾则感叹不已。又十数年前，一小人以师待我，号称"滴水之恩，必涌泉相报"。我故尽我所能授之，使一无知村夫，而为能文之士。其人家贫，我时时倾囊相助；当其为文，吾一语一言教之。致其能独立，反而害我不止。然当其家事忙碌，另一人帮其跑腿买物半日，此不足挂齿之事，然其感恩不止，誓欲以死相报。吾尝以此语亚公，亚公曰："小人者小人也，升米可以养恩，担米则必养仇也。"若一小人全家老少至除夕之夜，无粒米可下锅，必饿死而无门。当此之时，若某甲赠之以升米，使之过年关，其必终生感恩无穷，乃至告之子孙，某甲活我，必世代报某甲之恩。若某乙每日赠此小人米一升，日日赠之，月月赠之，一升、一斗、一担、百担，一年、二年、三年，至第四年除夕时，即不再赠送，其人(小人)必大骂某乙为富不仁，恨之入骨，甚欲杀某乙全家，或告之子孙曰："某乙狠毒，除夕之日，忽断我米粮，欲饿死我全家矣,汝等当立志报仇。"此所谓"担米养仇"也。

若此小人得志,必反而仇害恩人。盖恩人在,小恩则易报,大恩报之则累,不报,则人必鄙之,不若反而仇之,言恩人之短,言恩人其实非恩也,言恩人实害己也,以此掩不报恩之故。又恩人知其为小人之底细,故害之则可掩也。此李汧公救死囚之命反而为其所害之故事也[1]。

然则待君子必以大德,不可以小利。管仲鲍叔之事,刘备诸葛之义,皆如是也。

注释:

[1] 见《唐语林》卷四《刺客报恩》:李汧公名勉,尝为开封府尹,救鞫(jū 被审问)囚之命。后数岁,故囚见李汧公,先欲厚报之,后以"大恩不报"为辞,反募刺客杀之。幸刺客知其情,反而杀故囚夫妇。明人据此改编为小说《李汧公穷邸遇侠客》,见《醒世恒言》第三十卷。

山清则水清

山惟静,水惟动,然静能制动,故山青则水亦青,山黄则水亦黄。是以江南之地,多青山亦多绿水;中原之地,山多黄荒,是以水亦黄浊。

谚云:"圣人出,黄河清。"然则多植树则山青,山青则水清,是知多植树者即为圣人也。反之,坏树者皆凶獠之辈也。

君以诗长，亦以诗短

余少颇能诗，后观鲁迅语："诗至唐而绝（一切好诗已写完）。"吾师亦云："诗，知之可矣，不可以此为业。凡读诗者，必读唐诗，今人诗无可过唐，纵可过之，人亦不注意也。"余自度诗尚不可过唐，于是遂弃之，然亦非绝然不作。偶因苦闷凄悲，遂作诗以遣之，然愈写愈凄悲。愁苦非未解，且又增之。

后事工程技术，于实业有益，又改治画史，著书二十余部，晋升为教授，虽微不足道，以之教书餬口尚可矣。

吾友某君治史长余十数岁，长于诗，人皆重之，于是尤勤于诗。余亦以擅诗而与之交。某君愈得意，日夜作诗不辍。他业皆废。著诗数千首，然不能出版。出版社宁肯出版唐诗、宋词，而不出版某君诗。某君年已天命有余，史学无成，职称无着，问理于余，余曰："君以诗长，亦以诗短。君之同学友人，才皆不若君。然终生著述，或治史，或治文，或就古今一时一事，深而论之，发前人所未发，并有补于世也。故皆著作累累。其先侪辈因不擅诗，才不若君，人或不重之。其实，诸君若致力于诗，未必不能诗，然今时非诗之时代也。君以诗长，则著力于诗，他业废也，故亦因诗而短。他人才不若君者，皆晋升教授、研究员，而君误矣。"

宋人《杨文公谈苑》记"周世宗作诗"条有云："周世宗尝

作诗以示学士窦俨,曰:'此可宣布否?'俨曰:'诗,专门之学,若励精叩练,有妨机务。尚切磋未至,又不尽善。'世宗解其意,遂不作诗。"①周世宗雄才大略,整定北方,为宋一统天下创基。若其用心于诗,则帝业废矣。若李后主用心于词,宋徽宗倾力于画,则为俘虏也。今人不可不察。

注释:

　　①见杨亿《杨文公谈苑》,第 39 条,上海古籍出版社 1993年版。

中西艺术之异（上）

西人作油画，以块面为之，鲜用线条，音乐亦然。

西人弹钢琴，手指齐下，多音共发，状如块面，与油画通。

吾国画家作画，以线条为主，鲜用块面，音乐同之。

吾国演奏家或文人弹琴（古琴），手指拨弦，一一为之，如画家作画之用线也。虽琴有五弦、七弦，瑟有二十五弦，古有五十弦，然拨其弦，仍一弦一线而拨之。李商隐《锦瑟诗》云"一弦一柱思华年"，弦虽多，然尤一弦一弦而拨之，此线条状也，非如西人弹钢琴之块面状也。

要之，吾国之弹琴（弦线），与画家作画用单线同。西人弹钢琴如块面状，与油画用块面通。

西人学中国之艺术，始有线条，此西人作画之进步也。

桃源图卷　明陆治　纸本设色

大浴女　油画　雷诺阿

中西艺术之异（下）

　　孔子重仁，孟子重义，中国人重精神。是以中国画家作画非重对象之实体，而重在抒发个人精神，艺术以表现自我也。

　　西方人重人，重生命本体，重物质，以人为宇宙中心，故作画以人体为主，重具体、现实也，以表现对象真实为原则。

　　西方画家师中国，增其主观情绪、个人感情之抒发也。

　　中国画家学西方，始当以增其客观现实、自然整体之刻画也。

人物图页　明陈洪绶　纸本设色

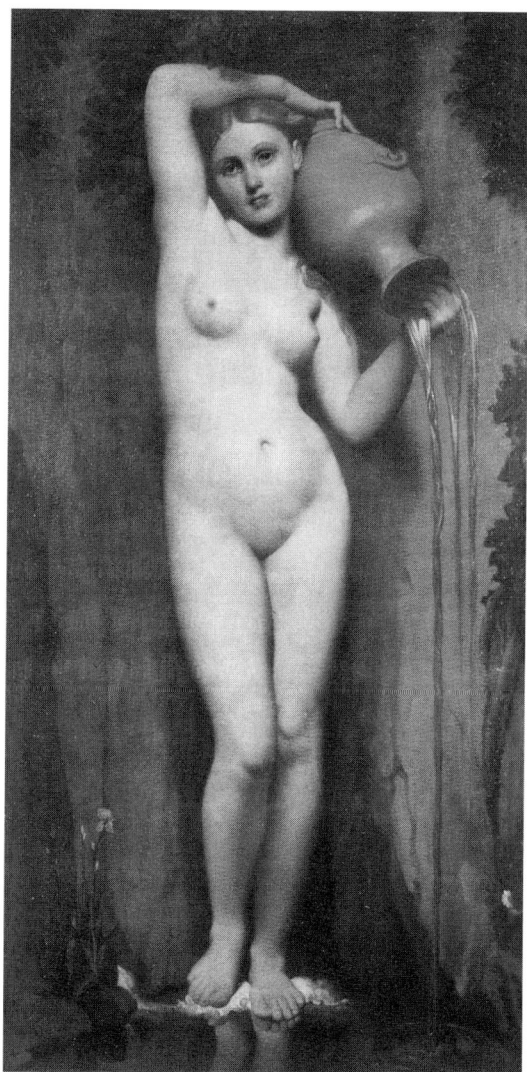

泉　油画

真父与假父

物之有假，自古而然，然父亦有假乎，师亦有假乎？曰：古今中外皆有之。

中世纪之西洋人贵族平民身份不可易，有平民之子欲入贵族之列者，首须改其父。如某甲之父为某乙，某甲即诈言某乙名为其父，而其母和某贵族通奸而生某甲，则其种原为贵族之种也。然则须贿赂某贵族，且易败露，或以已故之贵族为和其母通奸者，则又易引起某贵族妻妾子女之纠纷，且亦易败露。

中国古人则借神龙与其母交媾而生其身，其事不易败露，且无须行贿。较之西洋人作假为高明。余读《元史·太祖本纪》有云："（太祖铁木真）其十世祖孛端义儿，母曰阿兰果火，嫁脱奔咩哩犍，生二子……既而夫亡，阿兰寡居，夜寝帐中，梦白光自天窗中入，化为金色神人，来趋卧榻，阿兰惊觉，遂有娠，产一子即孛端义儿也。"则此子非脱奔咩哩犍之子，乃"金色神人"之子也。故其"后世子孙必有大贵者"（《本纪》语），非无故也。

《史记·高祖本纪》记汉高祖刘邦："父曰太公，母曰刘媪。其先刘媪尝息大泽之陂，梦与神遇。是时雷电晦冥，太公往视，则见蛟龙于其上。已而有身，遂产高祖。"《汉书》亦云："父太公往视，则见蛟龙于上。"如是，刘邦乃蛟龙之子也，蛟龙与其母刘媪交而生刘邦，且刘太公亦亲见之，则刘太公虽名为其父而实非其父也。是以刘邦可为汉高祖，龙之种，非凡人也。

《明史·太祖本纪》记：明太祖朱元璋"姓朱氏，先世家沛"。则朱元璋与刘邦祖籍皆为沛。又曰："母陈氏，方娠，梦神授药一丸，置掌中有光，吞之寤，口余香气，及产，红光满室。自是，夜数有光起。"则明太祖朱元璋亦神之种也。

刘邦、朱元璋皆出身微贱，故假神龙以为其种，以示其不凡也。若杨广、李世民本出身贵族，则不需借神龙以为父也。

今人有其师名气不著，则匿而不言，复寻一大名人，扬言实为某大名人之弟子也。恐亦效古人假父之故事也。

天道有知

余读《世说新语·德行》篇，至"邓攸始避难，于道中弃己子，全弟子"一条，心尤难忍。保全弟弟之儿（全弟子），其德行固可佳，然弃己儿，又何忍也。据刘孝标注引王隐《晋书》知邓攸弟之儿名遗民，"攸以路远，斫坏车（弃车），以牛马负妻子以叛，贼又掠其牛马（牛马被贼抢走），攸语妻曰：'吾弟早亡（弟已死），唯有遗民，今当步走，儋（担）两儿尽死，不如弃己儿，抢遗民。吾后犹当有儿。'妇从之。《中兴书》曰：'攸弃儿于草中，儿啼呼追之，至暮复及（把儿子抛弃，然儿到晚又追上来），攸明日系儿于树而去（把儿子捆在树上，不让其奔走），遂渡江，至尚书右仆射（官至仆射）'"。于是邓攸德行传于史。

按此事颇类于《佛经》中《太子须大挈经》中须大挈之故事。想以受此经影响也。

今之《晋书·邓攸传》记"攸弃子之后，妻不复孕"，"卒以无嗣"。即至死无子。《邓攸传》云："时人义而哀之，为之语曰：'天道无知，使邓伯道无儿。'"《世说新语·赏誉》有云："谢太傅（谢安）重邓仆射，常言：'天地无知，使伯道无儿。'"

余曰：非天地无知，是天地有知也。邓攸固当无儿，其缘有二：一邓攸为保全弟之子，义也，然一大丈夫，担两儿奔走有何难处？纵必弃之，弃之可也，然儿被弃之后，自己"啼呼追之",即当任其追至,"至暮复及",即儿至晚自能追上,如是则保全弟之子,又全己之儿,即既有侄,又有儿,有何不可?然必欲弃儿,又将儿捆于树上,不让"追之"。儿被捆于树,无能奔走,欲寻食已不可能也。悲夫!是慈父者,于心忍乎?是自己杀己之儿也。千载之下,余读其记,无不惊心流泪,而邓攸之残忍乃至于此,宜其有儿乎?其二,《世说》又记:"(邓攸)既过江,取(娶)一妾,甚宠爱,历年后讯其所由(问其经历),妾具说是北人遭乱。忆父母姓名,乃攸之甥也。"又云:"攸素有德业,言行无玷,闻之哀恨终身,遂不复畜妾。"邓攸竟娶自己外甥女为妾,如此"德业",能复有嗣乎?

以余观之,邓攸或学《佛经》中须大挐太子故事以求利于来生,或以弃子保侄而取名于天下,亦未可知。不然何须捆儿于树,务使其死?"卒以无嗣",是天道有知也。

明初宰辅杨荣《题邓伯道〈弃儿图〉》云:

> 中原遭丧乱,胡马正交驰。
>
> 念弟须存嗣,谋妻遂弃儿。
>
> 人情终有歉,天道岂无知?
>
> 此日观图画,挥毫漫赋诗。[1]

注释:

[1] 见明正德十年建安杨氏重刊本《杨文敏公集》卷三;杨荣是明初台阁体重要作家。

宋臣可斥君

　　范仲淹之子范纯仁字尧夫,其忠直过于包拯。《宋史》本传记:"苏辙论殿试策问,引汉昭变武帝法度事。哲宗震怒曰:'安得以汉武比先帝?'辙下殿待罪,众不敢仰视。纯仁从容言:'武帝雄才大略,史无贬辞。辙以比先帝,非谤也。陛下亲事之始,进退大臣,不当如诃叱奴仆。'……哲宗曰:'人谓秦皇、汉武。'纯仁曰:'辙所论,事与时也,非人也。'哲宗为之少霁。辙平日与纯仁多异,至是乃服谢。"

　　纯仁以臣斥君,忠也,直也。然君非惟不罪之,更能纳而从之。后世之君可及乎?

二十四史中《晋书》最次

二十四史中《史记》最佳，《晋书》最次。

余读《史记》，必通宵达旦，读《汉书》、《后汉书》、《三国志》、南北史，新旧《唐书》以至《明史》，皆爱不释手，愈味愈隽。《元史》虽"仓促成书，且出于众手"[1]，历来遭人诟病，然余读之仍不厌也。惟读《晋书》，所得甚少。盖其书皆从刘义庆撰《世说新语》暨刘孝标注，以及晋人遗世诗文，加之部分诏令、仪注之类，杂凑而成，几无发明。《世说新语》等书，世所多见，读而不忘，故再读《晋书》，益觉无味也。房玄龄、褚遂良、许敬宗等二十一人主修《晋书》，其议论亦无高明之处。唐太宗李世民御撰宣帝、武帝二纪论及陆机、王羲之论，亦无其精见。

前人谓其文字华丽，然非《晋书》文字华丽，乃《世说》华丽也[2]。

至于"前后矛盾，失去照应，叙事错误、疏漏，指不胜屈"[3]，中华书局《晋书》版已作说明。所论甚是。

故余欲知晋史，宁读《世说》、《全晋文》而鲜取《晋书》。

《元史》虽"主要是照抄元代各朝实录……"，然其所据之书，世不多见，故其书虽次，尚可读。然历代重修元史者众，欲重修晋史者鲜，余为之叹息久焉。

注释：

①④见中华书局《元史》"出版说明"。

②见刘知几《史通》。

③见中华书局《晋书》"出版说明"。

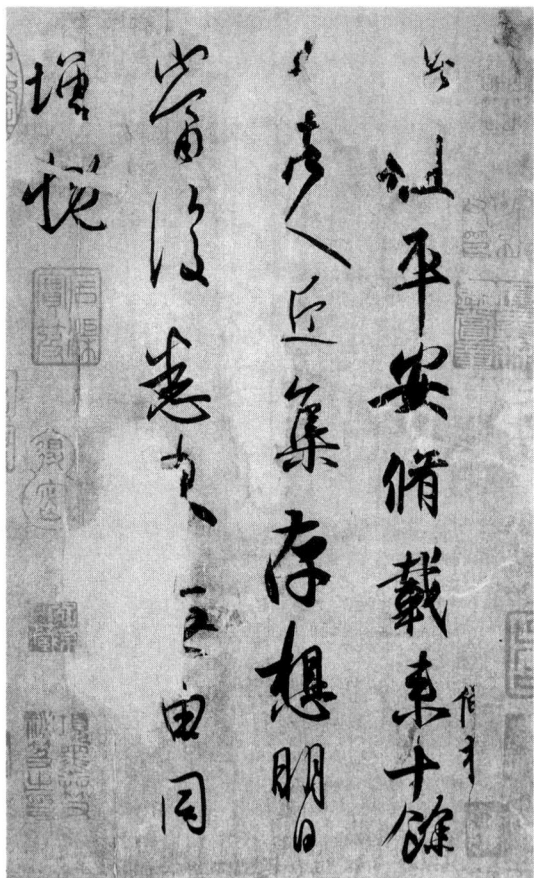

平安帖　王羲之

离　婚

"离婚"一词,不见于《辞源》。《辞海》释为现代语词,有学者以《西游记》中猪八戒离婚事考"离婚"一词不晚于明吴承恩时。

余读《世说新语·德行》篇,王子敬云:"不觉有余事,惟忆与郗家离婚。"[1]王献之字子敬,原娶郗昙之女,名道茂,后离婚,复娶晋简文帝之女新安公主,生女曰:王神爱,为安帝皇后(曰安禧皇后)。是知晋已有"离婚"一词,与今之"离婚"一词全同。

《旧唐书·列女传》有云:"李德武妻裴氏,字淑英,户部尚书安邑公矩之女也。……矩时为黄门侍郎,奏请德武离婚,炀帝许之。"是隋时仍有"离婚"一词,与今之"离婚"一词意亦无异。

注释:

①见《世说新语·德行》篇第39条。

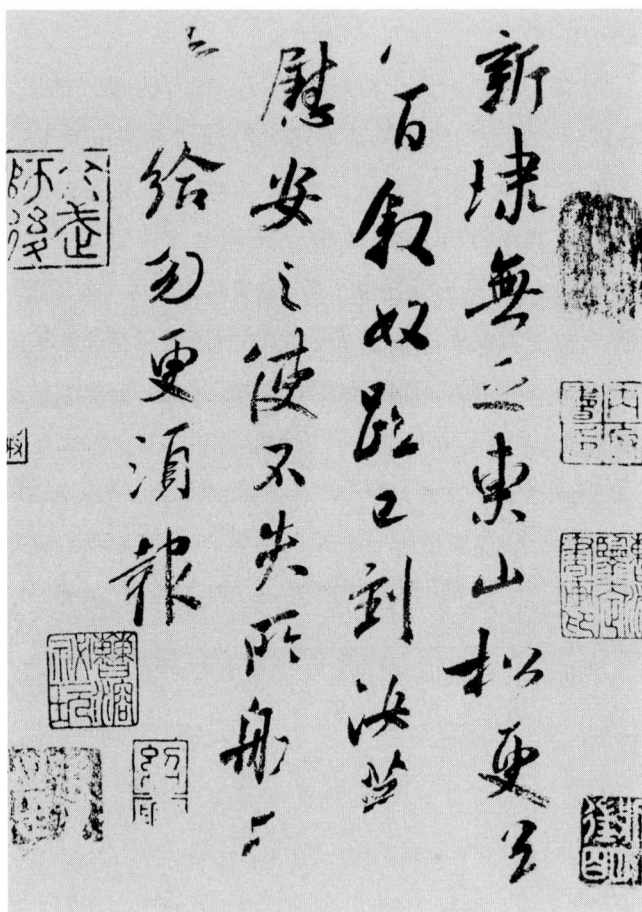

东山帖　王献之

害人·防人

　　古训云："害人之心不可有，防人之心不可无。"此最谬。
若"害人""防人"二者必选其一，宁可"害人"而不可"防人"。
何哉？盖"害人"不可人人皆害，一生所害能有几人？若有
"防人之心"，则人人皆防，时时皆防，被防者人人皆贼，受辱
则甚于受害，被防者又岂能不觉，觉又岂能心畅，则害人已属
不浅。则人人皆为仇也。且"有百年做贼，无百年防贼"者，
"害人"害时方用心机，事过则轻心。防人，时时防之，一生有
何乐趣，岂不害人亦害己也？吾一生宁肯受人害，而不肯受
己害。故吾平生不防人。

　　余易二字而书此古训云：

　　　　害人之心不可有，防人之心必须无。

　　若世人皆依余训，则风俗淳而天下太平矣。

才与势

——"使桀纣在上,虽十尧不能治"

　　"文革"间,吾国文官武将、政治家、哲学家、科学家、教授、学者、大儒、作家,人才济济,前古所未有,十亿民众,百万军队,何以被"四人帮"整肃,人人若落汤鸡? 何不奋起而反之? 有海外一客百思不得其解,问理于余。

　　余曰:物由上而下,虽一小物足以坏大厦。如拳拳一石,虽大力士投出,不足以击倒一树,若自万丈高空投下,其势若万钧之力,遇树则坏树,遇房则坏房,遇人则成肉饼,其势无可挡,物理学谓之"加速度"也。非物之自重非常,而势非常也。若物由下而上,虽强力大物,不足以坏鲁缟,因其自下而至上已无力矣。

　　人与世亦然。吕后、武则天、慈禧,皆一妇人耳,借居上之力而治天下,则天下受制之而无能反其上。若其居于下,则一武夫足以制之。"四人帮"者,亦然。

　　《唐书》论武则天曰:"使桀纣在上,虽十尧不能治;使尧舜在上,虽十桀不能乱。"[①]乃至理也。

　　又,孔子曰:"举直错诸枉,能使枉者直。"反之,"举枉错诸直,能使直者枉"[②]。意谓:选拔正直的人(举直),使其地位放在(错诸)邪恶人(枉)之上,能使邪恶人变得正直。反之,选拔邪恶的人放在正直人之上,使正直人邪恶。即使直者不枉,亦在枉者压制之下,虽直而不直。盖枉者错诸上,直在下,亦"使桀纣在上,虽十尧不能治"之意也。

东坡云:"天下之势,在于小人,君子之欲击之,不亡其身,则亡其君……"③结论曰:"非才有不同,所居之势然也。"④

然则天下之势,君子居于上者少,小人居于上者多,何也?盖君子实,小人虚,实者深沉于下,虚者飘浮于上。又,君子忙于军国大事,心想民众,或忙于学问,皆实实在在之事也;小人忙于己利,忙于人事关系,心想高位,苦心钻营,易于钻至上,故小人居于上者多。若小人居于上,惺惺惜惺惺,小人用小人,故天下之势在于小人者多。阮籍叹曰:"时无英雄,使竖子成名。"⑤余曰:有英雄,又奈其何?小人居于上,英雄失路,报国无门,空自叹息而已。若强行报国,或为民请命,则有牢狱相待,镣铐伺候。嗟夫!

富弼亦常言:"君子与小人并处,其势必不胜。君子不胜,则奉身而退,乐道无闷。小人不胜,则交结搆扇,千岐万辙,必胜而后已。迨其得志,遂肆毒于善良,求天下不乱,不可得也。"⑥其言之确,至今犹是。

孔子曰:"天下有道则见,无道则隐。"⑦当此之时,如是而已,又何奈焉。

补记:

明仁宗朱高炽亦云:"君子小人并处,则小人之势常胜。"⑧

注释：

①见《唐书·武则天传》。

②见《论语·颜渊篇》。

③④苏轼《大臣论下》，载《唐宋八大家古文》卷三十，中国书店 1992 年版。

⑤见《晋书·阮籍传》。

⑥见《宋史·富弼传》。

⑦《论语·泰伯篇》。

⑧《明仁宗实录》卷一下。

耻　之

孔子曰："匿怨而友其人，左丘明耻之，丘亦耻之。"①

余曰：陈传席尤耻之。

注释：

①见《论语·公冶长篇》。其意为：怨恨一个人，却藏在心里，表面上又像朋友一样亲热。左丘明认为这种人可耻，孔丘也认为可耻。

传于今与传于后

心斋云:"古之不传于今者,啸也,剑术也,弹棋也,打球也。"

余曰:今人俯首温顺之态,拍马逢迎之术,挑拨离间之技,狭小妒嫉之心,绝胜于古,不知能传于后否?

千山雨过歌声遥　陈传席

余不读老名家之新作

凡人有名气，必非无故。老名家由新名家、成熟名家而至，久经考验，其成名之作、成熟之作皆可读。然则成名之后，或则应酬太多，或则自我感觉过好，或则江郎才尽，或则因名而社会关系非同一般，其文不因其实而因其名，故其新作能优于前者鲜，能保持成名时水平者或有之，然多数劣于前。名家而老，或思想迟钝，或锐气已销，或知识老化，然又倚老卖老，以落后之知、浅见之识，轻见于世，故其新作多不可读。

又，人之能量释放后方能成名，成名之后能量已少，愈老愈少，乃至于无。而天地又大矣。

故余不读老名家之新作，而读其旧作，犹喜读中青年之力作也。

山经雨洗更含娇　陈传席

名家与名作

　　以常规度之，名作必出于名家，名家必有名作，然亦不尽然。韩愈、柳宗元、苏洵、苏轼、苏辙、王安石、欧刚修、曾巩，明人谓之"唐宋散文八大家"①。宋六大家无周敦颐、范仲淹，然周之《爱莲说》，"莲之出淤泥而不染"，几为家喻户晓，其影响过于六大家文也；范仲淹《岳阳楼记》，"先天下之忧而忧，后天下之乐而乐"，千古流传而不竭，六大家无此文也，其影响亦过于六大家文也。曾巩、苏辙虽为"八大家"之一，鲜有佳作能脍炙人口者。以此度之，使人无名作而可列于名家之伍者，不若无名家名分而有名作传于世者也。

　　然有名作，亦必为名家。周敦颐、范仲淹虽非"六大家"之一，而何人不知其名、不晓其人？盖文在人必在，人在而文不在者，人虽在犹不在也。是故有虚名及实名之别也。

注释：

　　①"唐宋八大家"乃明代江西人所定。欧阳修、王安石、曾巩皆江西人也。其时话语权在江西，读者察之。

《六朝画论研究》（大陆版）自叙一

余少读经，尤喜诸子。少长学画，略能涂鸦。再长欲埋头科学而事工，尝精密于缩尺刻计之间。然工程制图与丹青水墨殊异，怀此顾彼，苦莫大焉。摩诘诗云："行到水穷处，坐看云起时。"余遂暂止诸技，复读书以俟天择。无聊读书，本出无心，经史诸子、释老岐黄，古今中外记胜之书，朝读至暮，暮读达旦，如沈昭略之啖蛤蜊，久而别知其味。日积月储，铅摘次椠，匪欲顺世迎俗、俯仰时好，盖欲与知味者道焉。

呜呼！真知画者，余得见于昔贤。或期宏文，惟寄望于来哲。

1984 年夏自叙于南京师范大学

《六朝画论研究》（台湾版）自叙二

凡人：得情则乐，失志则悲。惟余不尽然。余虽久处于忧患困苦之地，长止于卑贱贫穷之位，亦或非世而恶利，或自托于无为，或被迫而应世，或为群小所欺，然而志终不屈者，惟以笔墨为寄也。故无日不悲，亦无日不乐。

昔龚定庵诗云："著书都为稻粱谋。"余著此书，稻粱而外，更在自遣，复作嘤鸣之图，今友声布海内，余望过矣。

学生书局又肯于重印，欣慰之情，何能匿于方寸而不溢于言表乎？故书数语，聊作王融之复，更以谢书局同仁。

1990 年于南京师大

六朝南京西善桥墓砖印壁画《七贤与荣启期》

人无癖,不可与交

在昔张宗子云:"人无癖,不可与交,以其无深情也。"

心斋亦云:"花不可以无蝶,山不可以无泉,石不可以无苔,水不可以无藻,乔木不可以无藤萝,人不可以无癖。"

癖者,大抵爱一物而不能自已;为得一物而至倾家荡产;为护一物,乃至投之以生命。爱物尚如此,况爱人乎?爱人尚如此,况爱国乎?待物尚如此,况待友乎?然其能如此者,皆因深情所至也。

凡余之友,皆有癖:或画癖,或书法癖,或古砚癖,或集邮癖,或藏书癖,或酒癖、茶癖、竹癖、花癖、山水癖,或陶瓷癖,或石癖,或玉癖,或古钱癖,或古器癖。数年前,一友独癖紫砂壶,屡屡出示所藏壶,余始视之,不以为然;久之,则喜焉;今亦癖之也。

余友癖之,则动手冶之,今已名动海内外,其壶又为好事者癖。余癖壶,则著之于书。愿览者亦癖之,则神与万物交,智与百工通,终生乐之,则亦乐之终生也。

又,晋王济有马癖,和峤有钱癖,而杜预独有《左传》癖。若壶癖者,非仅玩物也。吾国文化之一斑皆集于一壶,故其癖者,非同博弈用心也。《周书》论士:"贵器用而兼文彩。"洽闻之士,倘得留心斯道,览华食实,极睇参差;复振叶以寻根,观澜而溯源。则君子多识之训,可以得也。

有话则短，无话则罢

　　讲话、作文者常云："有话则长，无话则短。"吾最恶此语。有话何须长？无话者，无也，又何须短？每见无知官儿，无话亦喋喋无休；或仅一两语，而作长篇大论，枝蔓缠绵，离题万里，润之先生喻之为"懒婆娘的裹脚，又臭又长"。真见道语也。

　　吾今易一字作：有话则短，无话则罢。

　　写作者、讲演者、训话者，闻吾语，当力戒之也。

人由人"进化"而来，非由猿

　　余于 1971 年前后读《天演论》、《进化论与伦理学》，后读达尔文介绍诸文，知达尔文主义者，乃论人由猿进化而来也。然余始终疑之。狮、虎皆由狮、虎"进化"而来，马、牛、羊、猪皆由野马、野牛、野羊、野猪"进化"而来，实则进而未化也，人亦当由人"进化"而来则昭昭明甚也。达尔文考察猿猴与人相同者多，余不考察而知人与人相同者更多胜于猿猴者也。猿似人，何如人似人？虭猿又由何进化而来？

　　近读《海豚比猿更接近人类》一文①，谓"人类与海豚的亲缘关系超过猿猴"。其云：猿猴厌恶水，人一生皆能游泳，且孕妇可于水中生产。猿猴不会流泪，海豚及人皆有泪。海豚头顶有毛发，体光滑，人如之。海豚与人皆有皮下脂肪，猿猴无之。人之脊柱可以弯曲，猿猴脊柱不可后伸。人喜吃虾、海藻类水中生物，猿猴不吃。猿猴交配乃背伏式，海豚交配时面对面，与人同。

　　似乎人由海豚进化而来。余亦疑之，仍持"人由人'进化'而来"观点不变也。

　　若依达尔文说，人由猿猴进化而来，今之猿与猴奈何不能进化为人？若言模仿，今之猿猴模仿人类更便，奈何不再模仿。几十万年，何故所有猿猴不全变为人？

　　科学家或养猴者取群猴，随人生活，模仿人类起居、劳动、讲话，倘有一猴可变为人，余亦信之。惜无也。数十万年未见一猴变为人之记载也。

男人有胡须，雄猴何故无胡须？人之头发无论男女皆长，猿猴无长发？又何故也？

猿猴浑身皆毛，人无之。或云，人穿衣而毛退化矣。然人面部并未穿衣，奈何也无毛？猿不带帽，而头、身毛发皆短，人戴帽，毛发亦应退化而无，奈何长发披肩？猿无。

······

地球之上，本有牛、马、虎、狮，亦本有人，本有猿、猴、猩猩。猿似人而已。天下相似之物者多，犬似狼，狸似貓，狐似狸，豺似狼，豜似狐狸，驴似马，奈何猿不可似人也。然而猿非人也，人与猿尚不甚似也。

人非由猿猴进化而来，人本为人，如猿猴本为猿猴。人由人"进化"而来，实则进而未化也。

注释：

①转自 1996 年 8 月 27 日《扬子晚报》，摘录《港台信息报》文。

诗的异化

余少时颇能诗,悲苦穷愁之时,每作诗以遣之,本欲消愁解愁,然诗成之后,反复吟之,则愈增愁苦也。愈苦则愈有诗,"惟其胸中有泪,是以言中有物"。然而,愈有诗则愈苦,此诗之"异化"也。今读旧诗,有云:

愁极本凭诗遣兴,

诗成吟咏转凄凉。[①]

是知古人亦有同情矣。愁极本欲以诗排遣,然诗成又自有生命,反而感人,愁极所产之诗,愈愁也,故使人愈凄凉。是以人愈愁,诗愈工;诗愈工,人愈愁。

然诗家进入禅境者,诗淡如菊,则愁境自消,然诗之异化作用不减。入禅境者,人空且静,诗仍之;诗空且静,人益之。其时则诗亦禅也,禅亦诗也。

注释:

①杜甫《至后》诗句。

稿酬、写作和用兵

对待稿酬，如韩信用兵，^①

对待写作，如岳飞用兵。^②

注释：

①韩信论用兵，"多多益善"。《史记·淮阴侯列传》，信曰："臣多多而益善耳。"上笑曰："多多益善……"

②宗泽谓岳飞曰："尔勇智才艺，古良将不能过，然好野战，非万全计。"于是要传授给岳飞以阵图。岳飞论用兵之道曰："阵而后战，兵法之常；运用之妙，存乎一心。"见《宋史·岳飞传》。

自 题[①]

《易》云："知周乎万物，而道济天下。"艺，小道也；术，微知也；不足以济天下而周万物，惟君子以之游而已。余少读经，游于艺，而学道未成；稍长，支离天地之间，劳筋骨，饿体肤，荒于学久矣。夫神大用则竭，形大劳则敝，是以中岁移治小道，沉耽于斯十有八载也。子曰："虽小道必有可观焉。致远恐泥，是以君子不为也。"夫以不为之事而为之，悲乎。余肃然而恐，凛乎其不可留也。心缘物感，弃其必弃，择其可瘗者聚而瘗之。故有是集。

夫浮生有涯，物极不反，返而改治，其至乎，不至乎？余不可知，惟听其所止而休焉。

注释：

①原刊于《陈传席文集》。

读《悔晚斋臆语》

贾平凹

张岱、袁枚、陈继儒的书好,但他们都死在了明清,只说今人再也没有这样的文字了,偶尔就碰着了《悔晚斋臆语》,夜读竟直达天亮。

这是一本真正称得上的才子书。它得意,元气淋漓,爆发有力,控制得当,在平常事里悟出的是常人悟不到的东西,又能有常人不可有的说法。可谓:远想出宏域,高步超常伦。

喜欢了《悔晚斋臆语》,再寻找陈传席的书,那么多的,尽为艺术、文学、历史、佛教的理论专著,才知他写散文是"余事"。不禁感慨:鸟中有凤凰,鱼中有鲸鱼。鲸鱼在海中游着,我们仅看到的是鲸鱼的背鳍,而正因为海中有着鲸身,这背鳍才如此与众不同。

2003 年 10 月 29 日

可浮大白之书

——读陈传席《悔晚斋臆语》

莫 言

陈传席先生是一位奇人,因为他的《悔晚斋臆语》是一部奇书。奇书者,难以归类之书也。奇书者,有奇思妙想之书也。奇书者,有豪气才气蓬勃于字里行间之书也。读此书,如坐席听夫子论道,虽广征博引、涉猎古今中外,但犹如探囊取物顺手牵羊,无丝毫窒碍亦无丝毫炫文耀技之嫌,可谓满腹诗书吐嗽成珠者也。

读此书亦如乘扁舟泛之江河,文气如水顺流而下,曲折蜿转起伏跌宕于激流险滩之中,且时有金鲤跳船,辉光一闪旋又泼剌沉入水中,有许多惊喜与冒险,如此阅读感受之产生,皆因作者于老辣行文之中包孕一颗烂漫天真之童心也。

读此书又如误入未成名胜之荒山,杂芜生树,奇峰夹峙,移步换景,别有洞天,如此感受之产生皆因著者能言别人之不能言,敢言别人之不敢言,且好与古人唱反调,好与名人吟别调,有许多立论乍看似歪理,但细思之后,又不能不承认确为一家之言也。

读此书时,案前应置美酒一罈,得意处即拍案起浮一大白!